小説 母と暮せば

haha to kurasebа

山田洋次　井上麻矢

集英社

小説　母と暮せば

目次

装幀　緒方修一
題字　１００％ＯＲＡＮＧＥ

小説　母と暮せば

プロローグ

ヒロシマ原爆投下から三日後の一九四五年八月九日の朝、プルトニウム爆弾を搭載したB29爆撃機「ボックスカー」は爆撃目標地の小倉《こくら》上空で迷っていた。爆撃手がノルデンMK15爆撃照準器を通して見る小倉の街では、前日に爆撃された八幡《やはた》製鉄所がまだ炎上中だ。その煙が視界を遮っている。原爆投下は通常の爆撃の際のレーダー爆撃ではなく、絶対に目視爆撃でなければならないと厳命されていた。機長のスウィーニー少佐は当初の投下目的地である小倉を断念し、第二目標地、ナガサキに方向転換することを決断した。

しかしナガサキ上空も、七割方雲で覆われていた。このまま原爆を投下せずにテニアン基地に戻るか、それとも太平洋に落とすのか。すでにかなりの燃料を使いはたしている。このままでは不気味な五トンの原爆を積んだまま、沖縄か硫黄島《いおうじま》に危険をおかして不時着することになりそうだ。スウィーニー機長と原爆管理担当のアッシュワース中佐は緊迫したやりとりを経て、ある結論に達しようとしていた。命令には違反するがレーダー爆撃に切り替える。その決断を下そうとしたとき、ナガサキ上空の雲が奇跡のように動き始めたのだ。照準器を覗いていた爆撃手のビーハンが叫んだ。「見えるぞ！　街が見える。おれに任せてくれ！」

スイッチは押された。原子爆弾は、B29「ボックスカー」の大きく開いた腹から解き放たれ、九〇〇〇メートルの上空から青空に弧を描いて落ちていく。重量五トン。広島に投下されたウラニウム爆弾「リトルボーイ」に比して、巨大なスイカのような形をした「ファットマン」の威力は想定を超えたものだった。

太陽のように熱い、鉄もガラスも溶かしてしまう五〇〇〇度の熱と放射能。その二秒後には、異常なエネルギーが音速の三倍というすさまじい爆風となってナガサキの街と市民を襲った。死者七万三八八四人、負傷者七万四九〇九人（一九五〇年、長崎市発表)。爆心地から五〇〇メートルの丘に建っていた東洋一美しい浦上天主《うらかみてんしゅ》堂《どう》は、一瞬にして崩れ落ちた。

一九四五年　八月九日　浩二

僕の家は長崎の郊外にある。それがあの古い街の特徴なのだが、海岸から切り立った山の斜面にはへばりつくようにびっしりと小住宅が建っていて、その中の一軒が僕と母さんが住む家というわけだ。正面には稲佐山《いなさやま》、眼下には長崎湾、西には東シナ海が果てしなく広がっていて、夕焼けの美しさったらない。

八月九日の朝、僕はいつものようにあわてて登校しようとしていた。ゲートルを巻き防空用の鉄兜《てつかぶと》を背中にくくりつけ、ノートや弁当を詰めた親父の形見の革カバンを片手に抱えて、長崎医科大学に登校すべく玄関に向かいながら大声を出す。

「母さん、母さん！」

僕は一日に何べんも母さんを呼ぶ。いい歳してみっともないと思うのだが、僕は母さんなしでは一日も過ごせないのだ。だからやたらに「母さん！」と叫ぶ。

友達は、僕と母さんのことを一卵性母子《おやこ》だなんて言うけれど、仕方ない。父さんは僕と兄がまだ幼い頃に結核で亡くなり、兄さんは大学在学中に兵隊に取られ、ビルマで戦死してしまった。だから今となっては僕は母さんとふたりっきり、身を寄せ合うように生きてきたのだ。

「なんね」

風呂場の掃除をしていたらしい母さんが、ようやく玄関に顔を出した。着古した浴衣にたすき掛け、色白の額にはうっすらと汗がにじんでいる。母さんは美人だ。

「母さん、血圧の薬飲んだ？」

「ああ、忘れとった」

「ダメじゃないか、怒られるっぞ吉田先生に」

「はいはい」

母さんはいつもそうだ。僕の世話やご近所付き合いや仕事は一所懸命やるくせに、自分のこととなると後回し。そそっかしいところもあるし、気が強いんだか弱いんだか、つまらないところで失敗しては、あたふたしている。そんな母さんを見ていると、自分の母親なのに、可愛いと思ってしまう。

母さんは助産婦の仕事をしていて、このあたりの子どもはみんな、母さんが取り上げた子ばかりだ。赤ん坊はいつ生まれるかわからないから、母さんはそのたびに夜中だろうが明け方だろうが出かけていく。出産は長引くこともあるし、母親と生まれてくる赤ん坊、二つの命を支える大変な仕事だ。もともとそんなに体の強い人ではないから、母さんにはもっと自分をいたわってほしいと、僕は心配で仕方ない。薬だってちゃんと飲んでほしいのだ。

僕は手に持っていた洗濯物を母さんの胸元に放り投げる。

「母さん、行ってきまーす」

「はい、行ってらっしゃい」

外に飛び出すと、隣の家の富江《とみえ》おばさんが庭先で洗濯物を干していた。

「おばさん、行ってきます」

大声で叫んで、一気に坂道を駆け下りる。こんなご時世だ、朝から元気なふりでもしないと、やってられない。

「いい歳して、大声だして」

僕を見送りに表に出て来た母さんが、隣のおばさんに言い訳するように言っている。

「もうすぐお医者さまね、浩《こう》ちゃん。羨ましか」

お喋りな隣のおばさんの、いつもの台詞《せりふ》だ。医学生なら当面、徴兵は免れるし、たとえ軍医になっても戦死する確率は、普通の兵卒より大幅に低い。お世辞と羨望と皮肉と本音《ほんね》が入り混じった、ちょっと苦いおばさんの言葉を、母さんはさらっと受け流した。

「どうせなってても藪《やぶ》医者よ」

ふたりの弾けるような笑い声が、僕のところまで聞こえてきた。真っ青な海は今日も穏やかに光っている。遅刻しそうな僕の背中を、蟬が急《せ》き立てるように鳴いていた。

石橋の電停まで、あと数百メートル。路面電車は通勤や通学を急ぐ人たちを目一杯乗せていた。乗降口まで人があふれて、何人かの体は電車の車体からはみ出して落ちそうなくらいだ。

「おーい、待ってくれんね！」

チンチンと発車の合図を鳴らして、走り出した電車に僕は追いつく。ステップに強引に割り込み、片手でドア口にぶら下がる。車内にいた医大の友達が、声をかけてきた。

「よう、福原《ふくはら》」

「おはよう！」

路面電車は大浦海岸通りにさしかかり、一気にスピードを加速する。汗ばんだ体に海風が心地よい。いつもの朝がまた始まろうとしていた。

長崎医大の正門を入って右手には、咲き誇る虞美人草《ぐびじんそう》（ひなげし）から名をとった「グビロが丘」がひろがり、その先にある大きなクスノキのむこう側に校舎がある。

僕がこの学校に進学したのは、九州帝大法文学部の学生だった謙一《けんいち》兄さんの、お前は医者になって母さんを守るんだ、という命令に近いような強い勧《すす》めがあったからだ。その兄さんがビルマで戦死してしまった今、早く一人前になって母さんに楽をさせたいと、僕自身、心に決めている。

本来なら八月は夏休みのはずなのだが、戦時下の今、そんなことは言っていられない。僕たち医学生は早く一人前の医者になり、軍医としてお国の役にたたねばならぬ、と、急き立てられているのだ。何もかもが灰色で、何もかもがお国のためで、何もかもがささくれだっている。

名物教授の川上《かわかみ》先生がドイツ語の本を小脇に抱え、白衣にゲートルという姿で、

廊下をがに股でやってくる。階段教室にドタドタ入ってくると、開口一番、

「暑いね、今日も」

と言って、腰に下げた手ぬぐいで薄くなった頭の汗をふいた。いつまでも学生気分の抜けない川上先生は人気者だ。

開け放たれた教室の窓から蟬の声と、それにまじって遠くで飛行機の飛ぶ音がかすかに聞こえた。まさかB29ではないだろうな。朝早く出た空襲警報は解除になっている。

川上先生は黒板に、書き慣れたドイツ語で『病理学論』『心臓』と書く。僕はカバンから、父にもらったオノトの万年筆とインク瓶を取り出す。近頃インクの吸い込みが良くない。だけど、英国製のこの万年筆の書き味は最高なのだ。

「一般に人間の心臓の大きさは、ほぼその人の拳大《こぶし》で、形は桃の実に似て、成人では三百グラム――」

ノートに文字を書こうとした瞬間、何万個ものマグネシウムを焚いたようなすさ

まじい光で僕の視界がぐらりと歪《ゆが》んだ。「あっ」。僕は思わず叫んだ。その直後、ものすごい爆音と熱風が僕の体を通り抜けて世界は真っ白になった。熱さを感じる間もなく、僕は一瞬の間に溶けてしまった。

一九四五年八月九日午前十一時二分、僕は死んだ。

爆心地の松山町から六〇〇メートルほどの至近距離にあった長崎医大では、先生、学生、附属病院で働く人など計八百九十二人が、一瞬にしてこの世から消えてしまったのだ。

一九四八年　八月九日朝　伸子

長崎に原爆が落とされてから三年、私はどうやって生きてきたのだろう？　夫を看取り、長男も早々に戦死して、次男の浩二だけが私の支えだった。その浩二を、原爆は私から奪い取ったのだ。

浩二は幼い頃から、動きがすばしこくて機転の利く子だった。どうにかして原爆をしのいで、どこかで生きているのではないだろうか、いや必ず生きている。そう思って翌日からすべての校舎が倒壊した悲惨な大学の構内や浦上周辺の、今思い出しても身震いのするような恐ろしい焼けあとを浩二を捜して歩き回ったけれど、何の手がかりも見つからなかった。ほんの小さな欠片《かけら》すら、残されてはいなかった。

今でも心の奥底には、いつかあの子は帰ってくるのではないかという思いがある。馬鹿げているとわかっていても、もしかしたら、と願いながら、私は生きてきた。

そうでも思わないことには、息ができなかった。ぽっかりと大きな穴を心の中に抱えたまま、私は今日で三年目の日を迎えたのだ。

私はあの日あの時、家の中にいた。はっと気がつくとガラス戸の外が真っ白になり、直後にすごい熱気が襲ってきたのだ。ドカンと大きな爆発音がしたような気がするし、音などなかったようにも思える。今まで体験したことのない恐れを感じて、夫が建ててくれたこの家で死ぬのか、と思い、そのまま気を失った。

どのくらいそうしていたのだろう。意識が戻り、恐る恐る外に出てみると、坂の下に広がる長崎の街は、すっかり変わってしまっていた。街そのものが、無くなってしまったように見えた。大きな建物はそれでも骨組みだけは残っていたけれど、ひしめいていた家々はまるで巨人に踏みつけられたように打ち砕かれ、名残のように火を噴いている。その間を縫うようにして、かろうじて生き残った人たちが助けを求めて彷徨《さまよ》っていた。その人たちも翌日、その翌日と、命を落としていった。

日本が戦争に負けたのは、それから六日後のこと。大きな苦い塊を呑み込むように、私は浩二のいない世界を受け入れるしかなかった。あの朝、「行ってきまーす」と大きな声をあげて坂道を駆け下りていった浩二の姿を、何度思い出したか知れない。

その坂道をちょうど三年後の今日、麦わら帽子をかぶった佐多町子《さたまちこ》が汗をかきながら、上ってくる。

「おはよう、町子です」

浩二が町子に出逢ったのは、町子が女学生の時。セーラー服の似合う花のように美しい町子に、ニキビだらけの高校生の浩二がひと目で恋に落ちたのも無理はない。二人が愛し合うようになったことを知った時、私は娘ができたように嬉しかったものだ。

原爆が落ちた直後、あの地獄のような風景の中を町子は私と一緒になって浩二を捜してくれた。その後も、魂の抜けたようになっている私の面倒を、あれやこれやと見てくれた。いつの間にか三年経ち、小学校の教師となった今も、頻繁に訪ねてきてくれる。

「出がけに鶏小屋を覗いたらね、卵ふたつも産んどったとよ、まだ温《ぬく》かよ。ほら」

真っ白い町子の手の中に、つるんとした綺麗な卵が二つ。命そのもののように、輝いて見える。

「あら、嬉しか。よかと？　うちがもろうて」

ありがたい。卵を持ってきてくれるその気持ちが、卵そのものよりもずっと、ありがたい。

「炊き立てのご飯に黄色い卵をのせてお醤油をタラッと落として――、ああ、唾の出る」

町子のおどけた声を聞きながら、もらった卵を茶碗に入れて、浩二の写真の前に置く。その奥には夫の、その隣には長男の謙一の写真が並んでいる。聖母マリア様の前に喪《うしな》った家族三人の写真を並べて、私はいつもここで彼らと話をするのだ。

「三人で仲良う食べてね、喧嘩せんで」

私がそうしている間に、町子は手際よく台所の隅からバケツと柄杓《ひしゃく》を取り出し、バケツに水を張り、花を入れた。これからふたりで、墓参りに行くのだ。

「行こうか」

町子は門にかける札を〈外出中〉にしてくれる。いつ何時《なんどき》呼ばれるかわからない助産婦は、家を空けるときに必ずこの札をかけるのだ。私のためにあれこれと気を配ってくれる町子を見ると、この頃私はどこか申し訳ない気持ちになる。

隣の家の富江さんが買い物から戻ってきたのを見て、町子が声をかける。

「こんにちは」

「あら、これからお墓参り？」

「ええ」

「またあの日が来たとね」

そう、またあの日が来た。あれだけの人が亡くなったというのに、浩二は二度と戻らないというのに、翌日からまた陽は昇り、長崎湾に陽は沈み、日々は過ぎていった。生き延びるのがやっとだったことが、むしろ幸いだったのかもしれない。目の前の暮らしに追われてウロウロしているうちに、時間だけが勝手に過ぎていき、六日後に敗戦になった。あと七日早く陛下が終戦の言葉を語って下されば浩二の命は、いや七万人の命は――いや、十日早ければヒロシマ二十万人の命も――繰り返し繰り返し口惜しい思いをなぞりながら過ごした敗戦直後の日々だった。市民の暮らしは大混乱だった。

丘の上にある墓地には、十字架がいくつも並んでいる。その中のひとつに、私は何度も何度も水をかける。夫も長男の謙一も次男の浩二も、この十字架の下に居る。ビルマで死んだ謙一は、死ぬ間際に水が欲しかったはずだ。台所に駆け込んで、「母さん、水!!」と叫んで、私の差し出したコップの冷たい水をゴクゴクと飲みたかったに違いない。浩二も生きていたら、のどがカラカラに渇いていたはずだ。今さら水をかけても、誰も目を覚ましてはくれないけれど、水は私の思いのように、地面に吸い込まれていく。

「おばさん、下駄脱いで。鼻緒の切れそうになっとるよ」

町子は、布きれを両手で縒《よ》りながら、地面にしゃがみこんでいる。履き古した私の下駄の鼻緒は、たしかに今にも切れそうになっていた。町子は私の足から下駄を抜き取ると、地面に敷いたハンカチの上に、そっと足を置いてくれた。器用な手つきで手早く鼻緒をすげ替えている。

その町子のふっくらした背中にもう一人前の娘の色気が漂っている。女学生の頃はよく笑う可憐な少女だった。それがいつの間にか、大人になっている。楚々《そそ》とした中に、女らしさが匂っていて、張りのある肌は透き通るように美しい。三年の月日は、町子をこんなに大人にしていたのだ。

「ねえ、町子さん、もう諦めよう」

町子はいぶかしそうに私を見る。

「何を?」

「浩二のこと」

ようやく話す機会が来たのだ。ここではっきりと私の思いを伝えなければならない。

「病理学教室で一緒に勉強しとった友達がたくさん死んだんだから、浩二だけ生きとるなんてそんなこと思うとらんよ。ただね、本当なら浩二の骨がお父さんと一緒にこん中にいて、それを拝むんだけど、何にもないとが悔しくてね。あの子の死んだ証拠が、例えばお父さんの形見のエルジンの腕時計とか、大事にしとったオノトの万年筆とか、せめて骨の一欠片、ズボンの切れ端でも見つかれば、諦めがつくって長い間思ってたけど、そいももう無理」

自分にも言い聞かせるように、私は言葉を続ける。

「あの子はどっかに飛んでいってしもうたの、死んだんじゃないの、消えたの。せめて亡霊になってでも、出てきて欲しかと思うたけど、それも無理。ね、町子さん」

町子は黙って、私にすげ替えたばかりの下駄を差し出した。目には涙がにじんでいる。同じように墓参りに来ていた着物姿の年配の男性が、大声を出した。

「みなさん、そろそろ十一時二分ですよ」

居合わせた人たちはみな、同じ方角に向かって手を合わせた。視線の先には、長崎の町が広がっている。鳥が翼を広げたような美しい形の長崎湾、その先に金比羅山《こんぴらさん》と稲佐山。何度見ても見飽きることがない、美しいこの土地が、あの日あの時……。

胸の奥がきりきりと痛む。

さっきの男性が、震える指先で浦上の上空を指さした。

「あの辺に見えたとですよ、きのこ雲が……。人間のすることじゃなか」

でもあれは、人間のしたことだった。いざ戦争となれば、どんなに残酷なことも、人はしてしまう。どんなに愚かなことも、人はする。罪のない何万人の市民の命を奪ってもよいという命令を出せる。生き残った人間は、その結果がどんなに悲惨なものであれ、受け容れることしかできない。

浦上天主堂は焼け崩れて、残骸をさらしている。その敷地に、応急に建てられた櫓《やぐら》のような鐘楼から、から－ん、から－ん、鐘の音が聞こえてきた。それを待っていたかのように、長崎中の教会の鐘が、いっせいに鳴り始めた。

浩二はもういない。口に出して町子に伝えたその時に、やっと私は、この現実を受け容れたのだ。

一九四八年　八月九日夜　浩二

黄緑色の蛍の光が、夏の夜の闇《やみ》をいっそう濃くしている。亡霊としての僕が初めて母さんのところに姿を現した時、母さんはうす暗い台所で、卵焼きを作っていた。

母さんの料理はいつもていねいだ。兄さんや僕がお腹を空かせて待っていても、手を抜くということがない。あり合わせの材料をあれこれ工夫して、じっくりと料理を作ってくれた。家にはそんなにお金があるわけじゃないから、肉なしカレーのこともあったし、代用品で間に合わせたこともある。でも、とにかくおいしい。そう言うと母さんは、うれしそうな顔で笑ったものだ。

「浩二の好きな卵焼き。町子にもろうたとよ」

母さんはできたての卵焼きをちゃぶ台にのせると、僕の写真が入った写真立てをその前に置いた。ああ、美味しそうだ。きれいな黄色い卵焼きをはさんで、母さんは写真の僕と向かい合った。

「実はね、今日でもう陰膳《かげぜん》はお終《しま》いにしようと思うの。というのはね、諦めたとよ、あんたのこと。何か証拠が欲しい、あの子は確かに死んだという証拠を手にするまで信じたくない、法事なんかお断りします、そう言うて本家の伯父さんに怒られたこともあったけど。でももう、諦めたと。町子にお墓の前でそう言うたらあの娘《こ》もそうしましょうって言うて、涙こぼしてた。あんたが生きていたら、町子と夫婦だもんね。もしかして、今頃あの娘のお腹が大きゅうなって、私が取り上げていたかも知れんね。私の孫を。——ああ、また言うてしもうた。同じことを何遍も何遍も。馬鹿ね、母さんは……」

この三年間、一日も欠かさず僕に陰膳をしてくれた母さん。いつか息子が帰ってくると信じていたのに、願いを叶えられなくてごめんね。僕も訳がわからないまま死んでしまったんだよ。

母さんはあれからずっとひとりで、独り言を言いながら暮していたんだね。でも、やっと今。母さんが僕を諦めてくれたからこそ、三年ぶりにやっと今。

「母さん」

箸《はし》を手に取ろうとしていた母さんの手が止まった。小さな声で、「誰？」とつぶやく。

「僕だよ」

母さんは僕が座っている階段をおそるおそる振り返る。良かった、母さんには僕が見えるらしい。

「浩二、あんた、浩ちゃんね？」

「諦めん悪かね、母さんは。いつまでん僕のことを諦めんから、なかなか出てこられんかったとさ。やっと、こうして出てこられたとよ」

「そう」

僕をまじまじと見つめるけれど、母さんは驚いてはいなかった。哀しいような嬉しいような、いろいろな想いがいっぱいの顔だ。こういう形で僕が現れたということは、僕がこの世の人間ではないということが決まってしまったということで、諦めたとはいえ、哀しいし悔しいし辛いのだろう。でももう一度、僕という存在を目《ま》の当たりにして、それはそれで嬉しいことには違いないだろう。

「僕んこと捜した？」

「そりゃ、捜したよ、原爆が落ちたあくる日から町子と二人で。あん時の長崎の街はね……あん時の長崎の街はもう……」

あの日の光景をありありと思い出したのだろう、母さんの言葉が涙で途切れた。

「……もう地獄。恐ろしゅうて恐ろしゅうて、もう本当に恐ろしゅうて……」

母さんの声が震え、目から涙があふれ落ちる。ごめんね、母さん。僕のために、いっぱい涙を流したんだろうね。

「どこかにあんたが生きとるんじゃないかと思って金比羅山、三ツ山《みやま》、滑石《なめし》の神宮、医科大の学生さんがいそうなところはみんな歩いて回ったとよ、何日もかけてでもどこにもおらんとだもの。あんたは。どうしてたの、浩二は……」

「だから母さんが諦めっとを待っとったとさ、三年間も」

「そう、よう来てくれたね」

大きく息を吐き出して、母さんは涙をぬぐった。諦めることができなかった三年間という時間を今、ようやく取り戻したのかもしれない。

「母さんは、元気にしとった？」

元気じゃないのは、母さんを見ればわかる。でもこんな時、他に言う言葉なんて見つからない。

「あんたがおらんごとなって悲しくて悲しくて、死んで会えるんなら死にたいと何遍も思ったよ。でももしかしたらあんたがひょっこり帰ってくるかもしれん、そう思うと死ぬことなんてできんかった……。今は大丈夫、何とか生きとるよ。そんな事よりあんたは元気？」

まったく、母さんときたら。この僕に、亡霊の僕に、元気？　はないだろう。

「元気なわけなかやろう、僕は死んでるんだよ。母さん、相変わらずおとぼけやね。

僕に向かって、あんたは元気、やて」

僕は笑った。ちゃぶ台のそばにひっくり返って、腹を抱えて笑った。昔よく、そうしていたように。笑っているうちに、笑っている自分がおかしくなって、止まらなくなるのだ。

「浩二はよう笑うのね」

「悲しいことはいくらでもあるけん、なるべく笑うようにしとるとさ」

「そうやったね。あんたは小さい頃からよう笑う子やったね」

そうだ。謙一兄さんはちょっと堅物《かたぶつ》で、めったに笑わなかったけど、僕は小さい頃からよく笑った。最初は四人だった家族がひとり、またひとりと消えていくのを見ながら、ささやかな幸せを探し出しては笑っていた。だんだん世の中が暗くなり、思いも寄らなかった戦争が起こり、暮しにくくなっていっても、僕さえ笑っていれば、母さんは元気でいられると思っていたからだ。

「父さんが死んで、まあそれはやむを得ないとしてもさ、大学生の兄さんがビルマで戦死して、僕まで死んで、とうとうひとりぼっちやね、母さん」

それが一番、心配なことだった。だって母さんは今まで、ひとりぼっちになったことがないのだから。でも母さんは、しっかりした口調で言った。

「仕方なかよ。生きとるだけで母さんありがたいの。だって、原爆で一家全滅した家が山ほどあるのに、私は生き残ったし、お父さんが建ててくれなさった家もこうして無事やったしね」

たしかに、家が無事だったのは不幸中の幸いだ。この家は父さんが苦労して建てたもので、母さんはいつも掃除を欠かさず、念入りに磨き上げてきたのだ。小さいけれど、ところどころに父さんのこだわりがある。天主堂には負けるけれど、お日様があたるときれいに光る色とりどりのガラス細工が設《しつら》えてあるのが僕のお気に入りだった。爆風は受けたものの、この坂の上の家は母さんを、父さんの代わりに守ってくれたのだ。居間の隅にある棚の上には父さんや兄さん、そして僕の写真が、マリア様の像と一緒に飾ってあった。

振り向くと母さんは、静かに微笑んでいる。

「母さん、顔色があんまりよくなかよ。血圧ちゃんと測ってもらいよると、吉田先生に」

「吉田先生は原爆で亡くなったの。でも、お父さんのお友達の村井先生が親切にして下さっているから大丈夫。それに、つい先月までこの家、二家族も同居してそりゃうるさかったとよ。和子さん一家と藤井さんご夫婦。みんな焼け出されて。ようやく静かになったけど、随分建物も傷んでしもうた」

傷んだのは、建物だけじゃないはずだ。たくさんの人が亡くなったけど、生き残った人たちもみな心や体に深い傷を負いながら、その日その日を必死で生き延びたのだろう。

「藤井さんもおったとか。他のみんなはどげんしとると？」

「他って？　お隣のおばさん？　おばさんとこは元気よ。あそこは皆さんご無事で。あとは、上海《シャンハイ》のおじさん。リュックサック一つで上海から引き揚げてこらしたの。

でも息子が原爆で死んでしまったけん暫《しばら》くしょんぼりしとらしたけど、去年あたりから急に元気になって、元々商売の巧い人だから、ブローカーと言えば聞こえはいいけど、闇屋になってってね、結構母さん助けてもらってるとよ、あのおじさんに」

上海のおじさんのことは知っている。戦争が始まる前までは、上海は長崎から旅券もなく出入りできたし、おじさんはそこで随分羽振りよく商売をしていたはずだ。内地にやっとの思いで引き揚げてきたら、原爆で息子を亡くしてたなんて、なんと皮肉なことだろう。

だけど僕が知りたいのは、そんなことではない。

「おじさんのことなんかどうでもよかよ。僕が聞きたかとはもっと他ん人のこと」

「誰？」

「決まっとるやろ」

「町子さんのこと？」

まったく、せっかく出てきたのに僕をじらすなんて、母さんもひどいや。

町子は、母さんの次に僕が大好きな存在だ。いや、一番とか次とか、順番をつけること自体、間違っている。どっちも大事で、どっちも大好きで、とにかく町子は僕の恋人で、大学を卒業したら一緒になろうって、ふたりで約束していた。母さんにはそこまで報告していなかったけど、そんなの、わかってくれてもいいじゃないか。僕は恥ずかしいのと早く知りたいのと、いろんな気持ちがごっちゃになって、家の中を歩き回った。

「僕をからかっとると！」

「あの娘は元気よ。小学校の先生になってね」

まるで自分の娘の話をするみたいに、母さんは自慢げな顔をする。

「ええ、町子がね」

「可愛い先生よ」

「町子が小学校の先生か。――幸せだな、あの娘の受け持ちの生徒たちは。教室にあの娘がおるだけでぱっと明るうなって、さあ勉強しようって気分に子どもたちはなるよ、きっと」

女学校を卒業したら小学校の先生になるのが町子の夢だったし、僕もそうするように勧めていた。だって教師は、町子にぴったりの仕事だもの。明るくて表情が豊かで、すぐに泣いたり笑ったりするけど、その分情が厚い。利発だし、手先が器用だし、なにより人の気持ちに寄り添って、励ましたり叱ったり褒《ほ》めたり、そのとき一番聞きたい言葉をそっと口にしてくれるんだ。町子が先生になってくれるんだったら、もう一度小学生をやり直してもいいくらいだ。

「僕が一年生の時の担任、覚えとるやろう。鰐口《わにぐち》先生。五十過ぎの眼鏡かけた鬼みたいなおばさん。すぐ殴るとさ、物差しで。なして先生の言うことが聞けんとか、こんバカたれが！　パシッ」

昔世話になった先生の口まねをしていたら、小学生時代の自分がありありとよみがえってきた。僕はやんちゃ坊主だったから、あの怖い鰐口先生だけじゃなく、どの先生にも叱られてばかりいた。

「物差しで叩かれると痛いのなんのって、血がでたけんね。この辺りにほら、はげの残っとるやろ」

小学生だったあの頃を思い出すと、心の中があたたかくなる。わんぱくな僕を、大人たちが寄ってたかって躾《しつ》けてくれたんだと、今になると腑に落ちる。母さんは僕を見ながら楽しそうに笑っている。

「相変わらずよく喋るねえ、こん子は」

そうだよ、僕はそのために出てきたんだ。もっともっと話して、母さんを笑わせたいんだ。母さんの笑顔を見ていると幸せな気持ちになる。母さんに会えてよかった。

その時、外から、誰かが声をかけてきた。小学校五年生くらいの男の子が提灯《ちょうちん》を手にしている。

「おばちゃん、こんばんは」

坂の上にあるこの家まで、一目散に走ってきたのだろう、汗でびっしょりだ。

「あら武志《たけし》くん、どうしたとね？」

「母ちゃんが、母ちゃんのお腹が……」

「陣痛が始まったとね。わかったわ、すぐ行くけんね」

言い終わらないうちから、助産婦の七つ道具をカバンに詰め込んで、母さんは出かける支度をしている。目に浮かんでいた涙は、もう指で拭ってしまったのだろう。

武志が、ちゃぶ台のそばにいる僕に気がついた。無心な子どもには僕が見えるのだ。にっこり笑ってみせると、武志も笑顔になる。そうさ、いないはず、とか、見えないはず、とか、〝はず〟のない人には、僕の姿は見えてしまう。だからって、別に何も、起こりはしない。だけど見えるべきではない人を前にすると、僕は気配を消してしまう。そのくらいの配慮は、しているつもりだ。

「お待ち遠さま」

母さんは颯爽《さっそう》と、命をとりあげる戦場へ出かけていく。職業人の顔になった。

母さんが出かけてしまうと、家の中は淋しくなった。家の外ではまだ蛍が、静かに光を点滅させている。僕は階段を昇り、自分の部屋に向かった。

そこには三年前の僕の暮らしが、そのまま残っていた。勉強机の上に僕が出しっ放しにしておいた医学書とノート、筆記用具が、きれいに並べられている。読書家だった父さんの遺した本も本棚に、三年前と同じ順序で並んでいる。僕のカメラは棚の上で、今も僕の帰りを待っているかのようだ。その隣には、町子と撮った写真が飾られている。

この部屋で僕が一番大切にしていたのは、父の形見の蓄音機とレコードのコレクションだった。中でもメンデルスゾーンの「バイオリンコンチェルト」が、僕のお気に入りだ。キャビネットからその一枚を引き出し、じっと眺めているうちに、美しい音楽が聴こえてきた。その旋律には町子と僕の、忘れられない思い出が封じ込められている。

それは僕がまだ山口高等学校にいた頃、冬休みで家に戻ってきた時のことだ。町子が遊びにきてくれて、部屋でふたり、このレコードを聴いていた。町子はたしかその時、セーラー服を着ていたと思う。久しぶりに会った彼女はますますキレイになっていて、そばによるとなんだかいい香りがする。僕は当たり障りのない話をしながら、まぶしくて彼女の顔をまともに見られない。

手動の蓄音機だから、「バイオリンコンチェルト」はまだ途中だというのに、テンポが落ちはじめた。ハンドルを回さなきゃ、と、僕が手を伸ばすと、同じように手を伸ばしていた町子の手が、僕の手に重なった。僕は思わずその手を握り、彼女の体を引き寄せた。その日が初めてだった、町子を抱きしめたのは。もう胸がドキドキしていた。

思い切って彼女の顔を覗き込むと、町子は大胆にもまっすぐに僕の目を見ていた。すこし上気した顔で、瞳は潤んでいる。

「浩二さんの瞳の中に、私が映っている」

と、そこで耳に入ったのは、すっかり回転が落ちて、間延びして今にも止まりそうなメンデルスゾーンだ。この音は下にいる母さんにも聴こえている。ハンドルを回さなきゃ！　あわててハンドルを回したおかげでメンデルスゾーンは復活したけれど、町子はもう笑うばかり。生まれて初めてのキスは、未遂に終わった。恥ずかしいやらおかしいやらで、僕も笑うしかなかった……。

今聴いても、メンデルスゾーンの音楽は美しい。町子との思い出があるからなおのこと、その音色はカラッポの僕の体に沁《し》み渡ってくる。母さんもこの家もメンデルスゾーンの音楽も、何一つ変わらずにそこにあるのが、僕は嬉しかった。

僕だけが、ここにいない。やりたいことはいっぱいあった。贅沢は言わない、ふつうの暮らしでいいからひとりの人間として、生きていたかった……。勝手に涙があふれてくる。気がつくと、僕の体は透明になっていた。僕はため息をつきながらレコードを片付け、消えた。

一九四八年　秋風月　伸子

秋の長雨のせいなのか、それとも歳相応なのだろうか、このところ、体が辛くてたまらない。平気で上り下りしていた坂道が、億劫に感じられるようになってきた。仕事道具を詰め込んだカバンも、以前よりずっと重く感じる。

今朝方取り上げた赤ん坊は、大きな女の子だった。夜中からずっといきみ続けた母親は、未明にようやく産み落とした。疲れきった母親がそれでも幸せそうな顔で、生まれたばかりの赤ん坊に乳をあげるのを見届けて、私は家に戻ってきた。

唐傘《からかさ》をさし、重いカバンを持ち、泥水の流れる坂道を、下駄の歯をしっかり立てて歩く。そんな私を上手に避《よ》けて、登校する小学生たちはまるで子犬のようだ。長崎は坂の多いところだから小さい頃から慣れているのだろう、裸足《はだし》の子も下駄履きの子も、雨の中、かけっこでもしているように、大声をあげて元気よくすれ違っていく。

謙一や浩二も、幼い頃はこんなふうに泥だらけになって走り回っていた。ぼんやりとそんなことを思って歩いていたら、声をかけられた。

「おばさん、どうしたと？　こんなに早く」

町子だった。大きな黒い傘を、一緒に歩いている男の子にさしかけている。

「赤ん坊が生まれたとよ、朝の五時、小菅町《こすげまち》で」

「安産やった？」

「一貫目もある大きな子」

「じゃ、昨夜は徹夜やったとね。疲れたでしょう」

労《ねぎら》いの言葉を聞くと、疲れがすっと軽くなる。町子の顔を見て、浩二が現れたことを彼女に言うべきかどうか、一瞬迷った。よくよく考えるとあれは夢だったようにも思えるし、本当にあったことのようにも思える。とはいえ、人に話しても、誰も信じてはくれないだろう。町子だけはわかってくれると思うけど、こんな雨の中、立ち話できるような話ではない。

町子に手を引かれた男の子が私を見上げている。

「こん子、雨の日は傘がないけん学校に行かれんって泣くとよ。仕方がないから家まで迎えに行ったの」

「あら、よかったわね、ぼく。先生と一緒で」

「栄養失調気味の子どもに風邪を引かせたら大ごとやけん、雨の日は休んでよかって指導しとるのに、子どもたちはどうしても来たがるとよ」

それはそうだろう。ただでさえうっとうしい雨の日、生活に追われて汲々《きゅうきゅう》としている親には、子どもにかまっている暇はない。子どもだってそのへんの機微はわかっているから、学校に行くほうがまだマシなのだ。町子のような優しい先生がいる学校なら、なおさらだろう。

「可愛かね」

「おばさん、ゆっくり休んでね」

町子は、男の子と相合傘《あいあいがさ》で学校の方角へ向かって歩いていく。新米教師のはずだが、すっかり先生らしくなっている。浩二のことを話すのは、まだ先のことでいいだろうと思いながら、家に向かって歩きはじめた。

家に帰り着くと、ふっと糸が切れたように、眠気に襲われた。長いお産で徹夜をした挙げ句、冷たい雨に打たれて、風邪でも引き込んでは大変と、掛け布団を引っぱり出して横になり目を閉じた。私のそばで白衣姿の浩二が心配そうに覗き込んでいるのを、夢と現《うつつ》の境目で、私は感じていた。

「母さん、大丈夫か、小さな体であちこち駆けずり回って。母さんはもともと丈夫なほうではなかけん、気をつけんば」

まだ夢を見ているのだろうか。夢なら醒めて欲しくない。夢だろうがなんだろうが、浩二は私を案じてくれている。生と死が、この世とあの世がどこでどうつながっているのかわからないけれど、浩二は今、私に語りかけている。

「僕が一人前の医者になったら、母さんに楽させてやろうと思ったとにな。——思い出した。医科大学に合格して本家に挨拶に行ったやろう、一緒に。あの怖か伯父さんが上機嫌で、一生懸命勉強してよか成績とって博士になってうんと研究してノーベル賞の医者にならんば。そう言うたけん僕、カチンときて、僕はノーベル賞なんか興味ありません、研究よりも臨床のほうがやりたかとです。長崎は日本一島の多い県だから、医者のおらん島がたくさんある。そんな離島の医者になって貧しい人や不幸な人のために身を粉《こ》にして働く、それが僕の理想です。そう言うたら伯父さんが、理想で飯の食わるっか、貧乏人相手の医者にするためにおいたちは学費を出してやっとるじゃなか、って言うたけん大喧嘩になって、母さん謝ったやろ。すみません、私の躾《しつけ》が悪かけん、こげんわがままな息子になってしまいまして。僕、後で母さん悪かったなって言うたら、母さん、舌をペロッと出して、大丈夫よ、私はお前を信じとるけん、そう言うてくれた時、僕は嬉しかったなあ」

浩二の声と雨の音が、まるで子守歌のように私の心を安らげる。そのまま私は深く眠っていたようだ。戸をどんどん叩く音がして、私は再び目を覚ました。

「どなた？」

「オイたい、上海のおじさん」

私は起き上がって、髪を直しながら土間に降り、戸を開けた。ずぶ濡れで、大きな荷を背負っている。雨の湿気と一緒に、ゴム合羽《がっぱ》と長靴の、新品らしい匂いが部屋に入ってきた。

この上海のおじさんは、闇物資を調達しては商売をしている。おこぼれの食糧や物資を、ついでと言っては家に立ち寄り、分けてくれる。このご時世に、ありがたい存在だ。

「いやあ、ひどか雨ばい」

慌ただしく荷物の中から米や味噌、油の瓶などを取り出す。

「味噌の手に入ったばい、島原のよか味噌」

いったいどうやって手に入れるのだろう。そう思うより先に、我が身に手に入ることが、何よりありがたい。空襲警報はなくなっても、物資は戦争の最中よりも少なくなっている。闇だろうがなんだろうが、買えるだけ運がいいのだ。

「それからこれ、石けん、進駐軍の横流したい」

ＬＵＸという字が印刷されたきれいな箱の中にパラフィン紙で包まれた石けんが入っている。

こんな美しい石けんを見るのは何年ぶりだろう。私は思わず鼻をつけてみる。

「あら、よか匂い」

「そがん贅沢なもんば作っとる国と戦争ばしたとやけんね、バカんごた話ばい。ガーゼの欲しかって言うとったやろ、商売道具の。こがいがなかなか手に入らんでさ。今いっちょ、ルートば見つけたけん、まちいと待っとってくれんね」

「助かるわ、おじさん」

助産婦には、仕事用のガーゼは配給されている。しかしそのわずかな量では、とても追いつかない。上海のおじさんに頼んでおけば、時間はかかってもいつもなんとかしてくれる。お礼の気持ちを伝えたくて、私はいそぎ、お茶を淹《い》れる支度をした。

「ここんとこ、警察の取り締まりの厳しかとさ。しょうがなかやろが、食えんとやけん。そがん闇が悪かなら、闇ばせんでも食えるごたる政治ばせろってな、ふざけやがって」

確かに、おじさんの言うとおりだ。配給通帳があっても、配給されるものがない。目の前に広がる長崎の海で獲れた魚だって、自分たちの自由にはならないのだ。そんな中で、どうやって生きていけというのか。

「おいくらお払いすればよかね」

「よかよか、オイは他で儲けよっけん」

いつもの決まり文句だ。だけど真《ま》に受けるわけにはいかない。

「そんな訳にはいきませんよ、せめて公定価格だけは払わせて。公定と言うたって、どんどん値上がりしよるけど」

「じゃあ、これだけもらっとくけん」

私は急いで財布から、言われた額よりほんのすこし多めのお金を出して、おじさんに渡した。にっと笑って、おじさんはそのお金を受け取る。

「石けんはプレゼント、一つはあのお嬢ちゃんにあげてくれんね。町子ちゃんて可愛か娘《こ》」

「ありがとう、きっと喜ぶわ」

この前おじさんが家に来た時、町子も居合わせたのだ。息子の友達だと紹介したのだけれど、どうせ噂にもなっていることだろうし、事情はわかっているに違いない。戦争で相手を亡くした娘さんは町子だけじゃない、世の中にはたくさんいるのだから。

「一度聞きたかて思っとったとばってん、いずれはお嫁にいくとやろう、あん娘。それとも浩二くんに操《みさお》ばたてて一生一人暮らしね」

おじさんから手に入れた味噌を器に入れ替えようとしていた手が、思わず止まった。そうだ、その通りだ。町子はそのうち、誰かと結婚することになる。今まで娘のように思い、頼ってしまっていたけれど、いつまでも私のそばにいていいわけじゃない。

「いや、そげんことなかよ。よか人のおったらいつでもお嫁に行けばよかですよ」

それを聞くとおじさんは、うん、うんと頷《うなず》いた。

「それなら縁談持ってきてよかね。よか男のおるとさ。そいつは大学んごたっとところは出とらんばってん、今時は学歴とか社会的な地位とか、そげんことで縁談を決める時代じゃなかもん。何しろ伸子さん、こん戦争で三百万人からの若い男が死んでしもうた。当分男日照りやけんね、いい話には乗ったほうがよかばい、どげんね？」

闇物資をあっちからこっちに動かすように、町子を縁づかせるつもりだろうか？私はすこし、腹が立った。戦争に負けてから、世の中はいつまで経っても落ち着かない。餓死する人もいるなかで、食べることが何より先と、世の中は拝金主義に傾いている。だけど、それだけではない。生きる上で大事なことは、もっと他にもあるはずだ。

「おじさん、気持ちはありがたいけど、町子はお見合いはせんと思います」

「なんでね？　会うだけでよかとさ。嫌なら断ればよかと」

「でもね、これからは民主主義の時代だから、町子は自分で相手を決めるとじゃなかやろか」

「民主主義っていうとはそげんことね」

「そうよ、結婚は二人の合意で決まるの。私もあの娘にはそうして欲しいと思っとるとよ」

私は町子の母親のような気持ちで、きっぱりと断った。あの子に好きな人ができて、それで結婚するというなら、私も賛成する。だけど浩二と同じくらい町子を大切にしてくれる男でなければ、私だって納得はできない。

「そがんこと言いよるうちに質《たち》の悪か女ったらしに捕まったりするとじゃなかか」

町子のお見合い話を切り上げたくて、私はおじさんの、痛いところを突いた。

「質の悪か女ったらしって、――例えばおじさんみたいな人のこと？」

金回りの良いこのおじさんの周りには、金目当ての女が途切れたことがないと、噂に聞いたことがある。案の定おじさんは、目を白黒させてから笑い出した。

「あいたー参った参った、言うね、伸子さんも、そしたらね、また来《く》っけん」

茶碗に残ったお茶をあおると、おじさんはそそくさと、身支度を始めた。どこかバツの悪い顔をしているところを見ると、多少身に覚えはありそうだけれど、悪い人ではないのだろう。

「ま、困ったことのあったらいつでも言わんね、しかしびっくりしたばい、質の悪か女ったらしか、このオイが？」

何度も高笑いしてみせ、おじさんは戸を開けて、雨の中へ出ていく。静かになった部屋の中で、おじさんのくれたアメリカ製の輸入石けんが甘い香りを漂わせていた。

一九四八年　月見風　町子

ずっと降っていた雨が、ようやくあがった。坂道を上っていくと、夕陽が見える。浩二さんは、「ここから見る夕陽が世界で一番きれいだ」と言っていた。

その言葉が私の中に棲みついていたため、浩二さんがいなくなってから、私は、夕陽が嫌いになった。夕陽を見たら、自分がどうにかなってしまいそうで、夕陽が出ている間は目を背けて歩いていたくらいだ。でも今、久しぶりに見て、素直にきれいだと思える自分に驚いている。

時間が経ったせいだとは、思いたくない。時間は確かに経ったけど、私の心の中にある時計は、止まったままだ。浩二さんを想う気持ちは何も変わっていない。

今年八月九日、三年目のお墓参りに行った時、浩二さんのお母さんは私に「諦めよう」と言った。いったい何を言っているのか、最初はわからなかった。おばさんが言葉を重ねて、諦めるというのは浩二さんのことだとわかった時も、私にはその意味がわからなかった。私は浩二さんのお母さんと一緒に、ずっとずっと、浩二さんを待つつもりだったから。それ以外のことは、考えたこともなかったから。

でもあれから私は、おばさんの言葉を繰り返し繰り返し、考えている。

諦める。諦める。諦めたらいったい私は、どうなってしまうのだろう？

風呂敷に包んだレコードは、ずっしりと重い。教師仲間と、たまには良い音楽を聴こうとレコード・コンサートなるものを企画し、おばさんに頼んで、浩二さんのコレクションから何枚か、お借りしたのだ。

中には浩二さんと一緒に聴いたメンデルスゾーンの一枚もあって、その音が流れている間、私は必死で音楽教室の壁にかかっている音楽家たちの肖像を見つめていた。油断すると浩二さんのことを思い出して、泣いてしまうと思ったからだ。思いがけず他の人が号泣したので、私の涙は引っ込んでしまったのだけれど。

坂を上り切って家に入ろうとすると、隣の家の富江おばさんが、傘を干していた。

「こんにちは」

「あら、町子先生」

「いやあ、恥ずかしか、先生なんて」

子どもたちに言われるのには慣れたけれど、目上の人に先生と言われることには、まだ抵抗がある。戦争で、女学校の授業はそっちのけ、勤労奉仕ばかりしている間に、卒業を迎えてしまった。小学校教師の職は得たものの、教育についてきちんと学んだ覚えもない。果たして私に、子どもを教える資格があるのだろうか？　浩二さんがいてくれたら、私を笑わせながら、なんとかして励ましてくれたはずだけど。

ガラス戸を覗き込むとおばさんは、竈《かまど》に薪をくべていた。

「おばさん、ようやく止みましたね」

「秋の長雨というけれど、本当によう降ったわ」

良かった。思ったより元気そうだ。せんだっての雨の朝、登校中に偶然見かけた時はひどく疲れた顔をしていて、心配だったのだ。

「おばさん、レコード返しにきたとよ」

「コンサート、どうやった？」

「とってもよかった。音楽教室に先生たちが二十人はおったかな。蓄音機を囲むようにして座ると、教頭先生の実家が農家だからお芋の蒸《ふ》かしたのを差し入れしてくれて、どうぞ皆さんお芋を食べながら芸術を鑑賞してください。ばってん、おならはせんでくださいよ、芸術鑑賞の邪魔になるからって言いなさったけん。みんなで大笑い」

「楽しかったのね」

竈の焚口に座り込むおばさんの隣に、私は座り込んだ。

「それがね、おばさん、一番最後にメンデルスゾーンを聴いたとですけど、あの曲が始まって暫くしたら、突然泣き出した先生がおらして」

どうしてだろう。私はどうしてもこの話を、おばさんに聞いて欲しかった。

「女の先生？」

「男性よ。戦争帰りの。後でどうしたとですかって聞いたら、その先生はね、出征する日に自分の部屋でこの曲を聴いて、これが生涯の聴き納めだと覚悟しなさったそうです。南方戦線で戦友は殆ど死んでしまって、その人も大怪我したけれど何とか命だけはつながって帰ってきたと。そしてもう二度と聴くことはできんやったはずのメンデルスゾーンを聴いたら胸がいっぱいになってしまって。黒《くろ》ちゃんのその話を聞いてみんな泣いたとよ」

「黒ちゃんて？」

「その先生のあだ名。黒田《くろだ》さんだから、子どもたちが黒ちゃん黒ちゃんて呼びよるけん、つい、うったちも黒ちゃんて」

おばさんはうんうんと頷いている。

「黒ちゃんは命からがら戦争から帰ってきて、ご家族は？」

「お母さんも妹さんも原爆で亡くならしたとです」

「じゃあ、一人暮らし？」

「そう。これ、私返してきます」

勝手に始めた話を勝手に切り上げて、私は階段を昇った。ふすまを開けると今もまだ、かすかに浩二さんの匂いがする。主《あるじ》を喪った蓄音機が、静かに私を迎えてくれた。

あれはたしか、お正月のことだった。私は珍しく着物を着て、浩二さんも謙一兄さんのお古の着物を着て、ふたりでこたつをはさんで話しているうちに、何のはずみか腕相撲をすることになった。私もこれで負けん気が強いから、浩二さんの腕を必死でねじ伏せようとした。浩二さんは浩二さんで、途中まで弱いふりをしていたけれど、最後は本気を出して、あっさりと私を負かした。そして次の瞬間、私を腕ごと引き寄せて、こう聞いたのだ。

「誰か好きな人、おると？」

「おるよ」

「誰？」

自信満々でそんなことを聞く浩二さんが憎らしくて、うれしくて、私は「この人」と言う代わりに浩二さんの鼻先をつついた。わかっているくせにそんなことをする彼が、なんだかとても可愛く感じて……。

おばさんの咳をする音が聞こえたのは、その時だ。あわててその場をとりつくろったけれど、後から気がついたのだ。ふだんだったらおばさんが、あんなふうに咳をすることはないことに。

ぼんやりとそんなことを思い出していたら、あの日と同じように、おばさんがティーカップを載せたお盆を手に、入ってきた。

「おじさんから闇で買った砂糖が残っていたの。紅茶を飲みましょう」

「あら、嬉しか。ショパンやメンデルスゾーンにはお芋よりも紅茶のほうが似合うもんね」

こうしておばさんとゆっくり話をするのは、久しぶりだ。

「この部屋でおばさん、よう一人でぽつんと座っとったね。去年、一昨年頃かな」

「淋しくなるとね、この部屋に来るの。あの子に会えるような気がしてね」

「夕方私がこの家に入ってきて、おばさん、と声をかけても返事がない。どうしたのかなと思ってこの部屋に上がってきたら、ソファにそうやっておばさんが座っているの、黙って。影が薄いって言うでしょ、まるでおばさん、影みたいなの。触ったら壁の中に消えてしまいそう。おばさんて呼んだらすーっと立ち上がったけん、ああ生きとったって。何回もそういうことのあったとよ」

私が話しかけていなかったら、あのままおばさんはこの世から消えてしまったのではないか、私は本当にそう思っていた。

「そんな時、あんたは心配してよう泊まってくれたわね。私の隣に布団を敷いて」

「うちのほうが先に寝てしもうたりしてね、鼾《いびき》かいて」

「ありがとう、今日まで生きてこられたのはあなたのおかげよ」

いきなりそんなふうに言われて、私は戸惑ってしまった。そんなご大層なことをしたつもりはない。浩二さんを喪い、浩二さんが生きていることを望み、浩二さんを待っている。私とおばさんは合わせ鏡のように、相手の中に自分を見ていたのかもしれない。

「そんなことなかよ、おばさん、私は大好きな浩二さんのお母さんに何かあっちゃいけんて、そう思っていつも心配して、おばさんに寄りかかられて、それで私も生きてこられたとよ。浩二さんが死んで、もしおばさんがその後を追って死んだりしてたら、私生きとらんやったって思う、絶対に。だけん、私もおばさんのおかげで生きてるとよ」

「嬉しいわ、そんな風に言うてもろうて。でもね、町子さん」

「はい」

「この間もお墓で言うたでしょう。もう三年も経ったとよ。だけん諦めてもらっていいの、あの子のことは」

それはできない、と私は思った。浩二さんは私が初めて好きになった人、お嫁さんにしてくれると言った人、一生一緒にいようと誓った人だ。原爆で浩二さんはいなくなってしまったけれど、私の中に浩二さんはまだ生きている。

「諦めるって、忘れなさいということ？　そんげんことできません。いつかもそう言うたやろ、おばさん。うちはこのまま浩二さんのことを想いながら、一生静かに暮したいと」

「でも、浩二がそれを聞いたらどう思うやろうか、喜ぶやろうか」

「喜んでくれます。だって私たち、もう一遍生まれ変わってもまた愛し合おうねって約束したとよ、おばさん。諦めるなんて、浩二さんの部屋でそがんこと言わんで」

言いながら私は、その約束がもう私の独り相撲に過ぎないのだと、心の中で気がついていた。私が忘れない限り、浩二さんは私の恋人で、私は幸せな女でいられる。でも私が諦めたらその瞬間、私は恋を失った悲しい女になるのだ。もう死んでしまった浩二さんを、私は私のためだけに、心の中で生かしている。それは浩二さんを愛するということとは、違うことなのかもしれない……。

それでも、それでも私が浩二さんを待っている限り、私は私でいられる。頭の中が混乱して、涙が勝手に流れて止まらない。

「ごめん、ごめんね、泣かんで」

おばさんの声が震えている。

階段の下のガラス戸が、がらりと開く音がした。

「奥さん、おらす？」

隣の富江おばさんだ。

「はい」

「イワシの配給げな。たくさん獲れたらしかよ。組合事務所に早《はよ》う来てって、鍋持って」

「はいはい」

台所に向かうおばさんを追い越して、私は鍋を抱え、下駄を履いて駆けだした。

「うちが行ってくる」

涙より、イワシだ。泣いているより、イワシをもらいに走っているほうが、今の私には楽だった。

「今夜、一緒にご飯食べようね。イワシの塩焼きで」

「はい」

走りながら返事をしたけど、おばさんに聞こえただろうか。

一九四八年 長月 浩二

僕は母さんの布団にもぐり込んで、祭壇の前でいつものように寝る前の祈りを捧げる母さんを眺めている。

「イエス、マリア、ヨセフ、永遠のいこいを迎える恵みをお与えください、父と子と聖霊の御名《みな》によって、アーメン」

神様がいるのなら、どうして原爆なんてものを人間が作ることを、お許しになったのだろう？　なぜ戦争が繰り返されて、不幸な人々が増えていくのを止められないんだろう？　そう思うけど、僕は祈りを捧げる母を見るのが嫌いじゃない。祈りは救いだからだ。人が祈るから、神は存在することができる。神様を作っているのは、きっと人間なのだ。

振り返った母さんは、布団の中の僕を見て、嬉しそうに微笑んだ。

「おったと?」

僕は布団に鼻をくっつけて、くんくんと嗅いだ。

「母さんの匂い」

「あんたはいつまでも母さんと一緒に寝たがる子やったね。小学校四年の時よ、おねしょして大騒ぎしたとは」

「どうしていつまでん寝小便しとたやろか、僕は」

「長崎は雨が多かけん、布団の乾かんで困ったとよ」

母さんとふたりで、小さい頃の思い出を語り合うなんて。生きてる間はそんなこと、しなかったのに。今は楽しくてしょうがない。

「でも、母さん、怒らんかったやろう、僕が寝小便しても」

「そうやったかね」

「そいで僕はどれだけ救われたかわからんよ。もう恥ずかしくて恥ずかしくてたまらんとやけん、そいをさらに怒られたら死んでしまいたいくらいさ。だからね、僕たちの子どもが寝小便しても絶対叱らんことにしようって町子と話したことがあるよ」

そう言うと、母さんは驚いた顔をした。

「あの娘《こ》とそんな話までしよったの？」

そうか、そこまで町子と僕が真剣に将来のことを考えていたなんて、母さんは知らなかったのか。まだまだ子どもだと思って、油断していたんだな。

「したよ。どがん結婚式にするかっていう相談もしたな」

「へえ、どんな式にすると？」

「式は浦上天主堂。仲人は解剖学の川上先生。問題は服装なんだけど、戦時中だから僕はカーキ色の野暮ったい服で我慢するけど、町子にはどうしても着せてやりたかとさ、ウェディングドレス。映画に出てくるような真っ白いレースの。音楽はもちろんメンデルスゾーン。タタタタン、タタタタン、タタタタターン」

今まで何度も想像していた結婚式のシーンだ。その日は、僕の大好きな町子が、僕の大好きな母さんの娘になる日でもある。母さんだって町子のことは気に入っているのだから、母さんはその時、長崎で、いや日本で一番幸せな母さんになるんだ。

「町子はどうしとる？」

何気ない顔をして尋ねるのは、僕としても骨が折れる。本当はいの一番に聞きたいことなのだ。

「あんたは、私は見えても町子は見えんとね？」

「そうじゃなくて、見ないようにしとる。見たら辛かけん。でも相変わらずきれいやろうな」

だって、見たってどうしようもないじゃないか。それくらいわかっているさ。わかっているけど僕は、実のところ、町子の今を知るのが怖いのかもしれない。

「母さんが今生きてるとはあの娘のおかげよ。だって、一番辛いとき、頭が割れるように痛くて体がだるくて、坂道を上るのに何遍も休む程で、食欲はないし、夜は眠れんし。そんな時毎日のようにあの娘が家に来てくれて、ご飯ば作ってくれたり、掃除や洗濯までしてくれたとよ。まるでうちの嫁みたいに」

「そうね、ようやってくれたな」

「本当に感謝してるとよ、町子には」

「母さん、よかとよ、あん娘にはいくら甘えても。だって、僕の嫁さんなんだから」

母さんはふと真顔になり、姿勢を正すとこう言った。

「嫁さんになるはずだった——、でしょ」

母さんのその言葉に僕は正直、うろたえた。そうか、僕の頭の中は、三年前のままなんだ。そのことを忘れていた。僕は死んだ時のまま、あの日あの時のままでいる。でも母さんも町子も僕のいなくなった後、三年以上の時間を過ごしてきたのだ。置いてきぼりを食らったみたいで、僕はぐっと、言葉に詰まった。

「浩二、私は近頃いつまでもこれじゃいけんと思うとよ、——もし、町子に誰か好きな人が現れたとしたら……」

「好きな人？　誰やそん男」

「例えばの話よ。その時は、母さんもあんたもあの娘のことを諦めるしかないでしょ」

待ってくれ。諦めるなんて、どうしてそういう話になるんだ？　町子は僕のことを愛してる、嫁さんになって、一生僕のそばにいたいと言ってくれたんだ。簡単に心変わりするような娘じゃないってことは、僕が一番よく知っている。僕がいなくなった後も、母さんの面倒を一生懸命みてくれていると、さっきそう言っていたじゃないか。

「嫌だ、そんなの、絶対嫌だ」

いてもたってもいられない気持ちだった。

「浩二、落ち着いて考えて。原爆が落ちた年から三年経つとよ。あの娘はその分だけ女になってるとよ」

そりゃそうだろうさ。でも町子に好きな人が、僕より好きな人が出来るなんてことは、想像すらしたくない。

「じゃあ、おると、好きな人が？」

「そんなのわからんけど、でもあんな優しい心根の娘だから、あの娘と結婚したいという若者がいてもおかしくなかでしょう」

「おったとしたら騙《だま》されとる。町子は賢い娘だけど世間知らずやけんな。口先の巧い女たらしに引っかかったりして」

自分でもめちゃくちゃなことを口走っているのは、わかっていた。でもわかってほしい。浦島太郎じゃないけど、僕は三年前のまま、町子を大好きなままなんだ。

母さんは首を横に振りながら、町子を庇《かば》うみたいにこう言った。

「あの娘はしっかりしているわよ、あの娘の眼鏡にかなった人ならば大丈夫」

母さんは何もわかっていない。町子はもう僕を選んだのだ。

「だから、そいは僕なんだよ、町子の眼鏡にかなうのは、僕しかおらんよ。母さんはぼくの味方か？　そいともどこん馬の骨かわからんような安っぽい男の味方か？

町子には僕しかおらん」

　母さんは目に涙をいっぱい浮かべてこう答えた。

「その通りよ、本当にその通りだけど、浩二、お前はもうこの世の人じゃなかやろ。そこをよう考えて頂戴《ちょうだい》」

……そうだった。ごめんね、母さん。僕だって理屈ではわかっている。僕は母さんがなかなか僕のことを諦めてくれなかったから、出てくるまでに三年かかった。僕が生きていると、三年もの間、信じて待っていてくれたんだよね。でも僕自身には、三年という月日はなかったんだ。あの日あの時のままなんだ。町子にも三年の月日が流れて、その上彼女を諦めなくてはならないなんて。僕の目から涙があふれ出す。そして僕は母さんの前から消えてしまう。

一九四八年　復員局　町子

長崎市内と諫早《いさはや》をつなぐ列車の車内は、足を置く隙間もない程混雑している。私は民子《たみこ》を連れて乗り込み、途中何度も駅ではないところに停まってはまた動く列車に揺られていた。栄養失調気味の民子は、体はがりがりに痩せていて、私が踏ん張っていなければ大人の体にはさまれて押しつぶされそうだ。汽笛が、乗っている私たちの悲鳴のように聞こえる。諫早にたどり着いたときには民子も私も汗だくで、疲労困憊《こんぱい》。でも正念場は、これからだ。バラック風の建物に向かうと、その中にある「復員局　世話課」を目指した。

待合室には、大勢の人が力なくうつむいて、じっと座って待っている。敗戦からずいぶん経つというのに、消息のわからない人はたくさんいる。ここでは主に、戦地に赴いたまま消息の途絶えた兵隊さんや満州からの引き揚げ者の情報を扱っている。見ていると、布に包んだ白い箱を渡される人もいた。中身は骨どころか、どこで拾ったのかわからない小石が一個、ということもあるという。それでもその小石一個が、この先を生き続ける人間には必要なのだ。

「次の方、どうぞ」

白髪《しらが》頭の男性の職員が、民子を連れた私の顔を見上げた。

「私、長崎市の天神《てんじん》小学校の教員で佐多町子と申します。私の受け持ちの引き揚げ者の子が、出征したお父さんの消息を知りたいということで、付き添って参りました」

民子は緊張して、しっかりと前を見た。

「民ちゃん、おじいちゃまに教わったんでしょ。どんなことをお聞きするのか」

大きく頷いた引き揚げ者の民子は長崎弁ではないきれいな標準語で語り出した。

「私、小学校二年生なの、お父ちゃまは出征したの。お父ちゃまの名前は風見滋《かざみしげる》です。家にはおじいちゃまはいるけど、病気して寝てるの。それで私にこのお手紙を持ってお父ちゃまのことを聞いておいでと言うから、私、先生と来ました」

職員は神妙に通知ハガキを受け取ると、奥から帳簿を引っ張り出して慎重にめくり始めた。しばらくすると、帳簿の一個所とハガキを丹念に照合しはじめ、そのうち意を決したようにこちらに向き直った。

「あなたのお父様はね」

民子はじっと、その職員の顔を見つめる。

「あなたのお父様は、フィリッピンのバギオというところで戦死されたとですよ」

ぎゅーっと緊張していた民子の肩が、一呼吸おいて、いきなり柔らかくなった。泣くのかと民子の肩を抱いたけれど、民子ははっと我にかえって、目をさらに大きくさせて、こう言った。

「私、おじいちゃまから言われてきたの。お父ちゃまがもし戦死していたら、係員のおじさんにお父ちゃまの戦死したところと戦死したじょうきょう、じょうきょうをですね、それを書いてもらっておいでと言われたの」

職員は民子の言葉にうなずくと、書類を書き始めた。よく見ると、その左手は手首から先がなくなっている。この人も傷痍《しょうい》軍人なのだろう。書き終えた書類を器用に片手で折りたたむと、向かいのデスクに座っている女性職員が封筒を差し出す。

「これ、ところと状況を書いたけんね、おじいちゃんに渡しんさい」

大事そうにその封筒を受け取った民子は、肩から下げた布袋にしまい込んだ。

こんな小さな子が、自分の父親の死んだ状況を聞かなくてはならないとは、なんて残酷なんだろう。それなのにこの子は涙を流すまいと、歯を食いしばっている。

いったいなんと言って慰めればいいのだろう。

「可哀そうね、民ちゃん」

「私ね、おじいちゃまに言われたの。どんなことがあっても泣いたらいけんって。妹が二人いて、お母さんは死んだの。だから私がしっかりしなくてはいけないんだって。私、泣いてはいけないんだって」

私は堪《た》えられなくなって、声をあげて泣いてしまった。

民子を家まで送り届けたその足で、私は浩二さんのお母さんに会いに行き、悲しさとも口惜しさともつかないやりきれない思いを、聞いてもらった。

「そのお嬢さん、本当にずっと泣かんかったの？」

私の話を聞いたおばさんは言った。

「いっそおいおい泣いてほしかったとよ。だってうちばっかり泣いて。一体何のために付き添っていったとやろうか。私という教師は、何の役にも立たん。一体私は何なんだろうて、本当に情けなくて」

話しながら、私はまたも泣き出してしまった。涙は、癖になる。一度泣くことを自分に許すと、際限なくなる。

「それでよかとじゃないの、あんたはそのお嬢ちゃんに付き添って復員局に行って、そのお嬢ちゃんのために泣いてあげたのじゃないの。きっと嬉しかったと思うわ、お嬢ちゃんは」

そうだろうか。私は、この冬、何かを編もうと古い毛糸をほどき、くるくると球に巻いていくおばさんの手元を見ていた。私が泣いたからといって、民子の心が晴れたとは思えない。民子のこれからの人生が、楽になるわけでもない。

「もらいものだけどアゴの丸干しがあるとよ、ご飯食べていかん?」

「ありがとうおばさん、でも今日は組合の集まりがあると」

民主化の一環として組合が組織され、私の日常はにわかに忙しくなっていた。立ち上がり、手にしていた桔梗《ききよう》をちゃぶ台の上に置く。

「浩二さんが好きな桔梗。売っとったけん」

身代わりのように花を置いて、私は浩二さんの家を後にした。

一九四八年　詠月　伸子

町子は最近学校が忙しいみたいだ。学校の中でも組合が作られ、そこでもあの娘《こ》はきっとしっかり役割を果たしているのだろう。民子という少女にしてやったみたいに一人一人の生徒に寄り添い、見守っているのがよくわかる。生徒たちにも慕われているに違いない。町子も少しずつ大人になって、独り立ちしていく。

彼女が置いていった桔梗の花には〝変わらぬ愛〟という花言葉がある。この前私が浩二を諦めたほうがいいと言ったそのことへの、これはささやかな返答なのかもしれない。でも〝変わらぬ愛〟が、町子の人生を縛るようなことがあってはならない。

そう思う反面、浩二が可哀そうで仕方がない。私は浩二の部屋の机に、町子の桔梗の花をそっと置いた。

「浩二、どうしているの？　この間、悲しそうな顔をして消えたから心配しとるとよ。久しぶりにあんたの好きなレコードをかけてあげようか」

あの子の好きなメンデルスゾーンを選ぶと、レコードをターンテーブルにそっと置いた。ハンドルを回して針を落とす。

音が流れるといつの間にか、ワイシャツを着た浩二がそこに立っていた。照れ隠しのようにおどけて、指揮者がタクトを振る真似をする。まるで、本物のオーケストラが浩二の指揮で演奏しているようだ。

「母さん、僕、音楽家になりたかったとさ、指揮者」

「あら、映画監督じゃなかったの。伊丹《いたみ》さんだか、小津《おづ》さんだかにファンレター出したこともあったじゃなかね」

「そげんこともあったね」

「かと思うと、小説家になりたいて言うてお兄ちゃんと大喧嘩したりして」

「僕は『ゲイジュツカ』になりたかったとよ」

長男の謙一は夫によく似た、どちらかといえば真面目一方の優等生だった。でも次男の浩二は愛嬌があってちょっといい加減なところもあって、私に似ている。

「謙一兄ちゃんと喧嘩したってどうせ敵《かな》わんくせに……」

「柔道二段やもんな。肩幅なんてこんなで。父さんに似たんだなあ、あの体格は」

「そのお兄ちゃんが最後に会いに来たとき、こんなに細《ほそ》うなってね、母さんびっくりしたとよ」

「会いに来た？」

「ほら、あんたが大学に入った年、四月九日。お兄ちゃんが戦死した日よ」

「ああ、夢枕に兄さんが現れたって、あの晩のこと？」

……あれは、夢枕などではなかった。あの夜、私が浅い眠りから目を覚ますと、台所のほうになにやら気配を感じたのだ。

徴兵されたまま、連絡が途絶えていた謙一が、そこにいた。ボロボロの軍服を着て、雨に打たれたのだろう、びしょびしょになって上がり框《がまち》に座り込んでいた。疲れ切った顔には生気がなくて、何も言わなくても、哀しみだけが伝わってきた。私は金縛りにあったように身動きがとれず、謙一、謙一と呼ぼうとしても、声が出なかった。

ふと窓の外を見ると、同じように疲れ切った兵隊さんたちが家の中を覗き込んでいる。あれは多分、謙一が率いていた小隊のみなさんだったのだろう。しばらくすると謙一は深いため息をついて立ち上がり、彼らに号令をかけ、歩み去っていった。まるで、神様に召される途中で、立ち寄ったみたいに。

私は悲鳴を上げて謙一を追いかけたけど、もうそこには誰もいなかった。悪い夢でも見たのかしらと思ったけれど、ちょうど謙一が座っていた場所には、水たまりができていた。それを見て、わかったのだ。

心配して二階から降りてきた浩二が、私を見て「母さん、どうしたと？」と聞いた。

「お兄ちゃんが来たの」

「ええ?」

「そこに。鬚《ひげ》をぼうぼうに生やして。あの子、戦死したとよ、きっとそうよ」

私は浩二に支えられながら、謙一の名を呼び続けていた……。

あの夜のことを思い出して震える私を、浩二がじっと見守っている。自分のことは棚にあげて、こう言った。

「兄ちゃん、母さんに会いに来たんだ、よっぽど会いたかったやろうな」

「何千キロも離れたビルマから遥々《はるばる》お別れを言いに来たのね。でも浩二はどうして来てくれんかったと。すぐ近くにおったのに」

そうだ、あのことがあったから、私は浩二を待ち続けたのだ。謙一と同じように浩二だってきっと、死ぬ時は報せてくれると。

「あんね、兄ちゃんはさ、何日も何日もジャングルの中を彷徨い歩きながら、母さんのことばかり、母さんに会いたか、母さんに会いたか、そればっかい思い続けていたんだよ。そいけど、僕のほうはさ、お別れを言う時間なんかなかったとさ、あっという間に消えてしもうた、何があったかわからんやった、自分でも」

そうか。そういうことだったのか。私は恥ずかしくてたまらなくなった。こっちの都合で浩二を責めるなんて、母親というのは愚かなものだ。

「そうだったわね、突然消えたんだもんね、浩二は。ごめんね、変な言い方して」

気にする風でもなく、浩二は言葉を続ける。

「出征する前の日に、兄さんは僕に向かって、浩二は文科じゃなくて理科に行け、そいで医者になってお母さんを守らんばぞ。怖か顔してまるで遺言みたいに言うたけん、仕方ない、僕、その言葉に従って長崎医大を受けたっさ」

知らなかった。謙一が長男として家長として、そこまで考えて浩二を説得していたなんて。

「医科大学なら召集猶予だし、卒業して召集されても軍医なら戦死することはない、そう思って安心しとったんだけど」

「結局、同じことやったね」

「そうね」

生き延びよう、生き延びようと人間はいつも必死で考えるけど、時代の波やら自然やら、人間よりも大きな力はいつも、そのささやかな目論見《もくろみ》をいとも簡単に覆《くつがえ》してしまう。

「しょうがないよ、そいが僕の運命さ」

「運命？」

そうではないはずだ、と私は思った。だって原爆だって戦闘機だって、人間が作ったものだ。戦争は人間が起こしたのだ。

「たとえば台風や津波は防ぎようがないから運命だけど、これは防げたことなの。人間が計画して行った大変な悲劇なの。運命じゃないのよ。そう思わん？」

ああ、でもこれは生きている人間に言うべきで、死んでしまった人間に言うべき言葉ではなかったのかもしれない。死んでしまった浩二にはもう、運命という言葉しか残っていないのだから。

気がつくと、浩二は姿を消していた。今夜はもっと話したいことがあったのに。

「浩二、浩二、どうしたの？　あんたは悲しくなるといなくなるのね」

一九四八年　神無月　浩二

自分の部屋にいたとき、小さな声がしたので階段を降りていくと、母さんは暗闇の中、蠟燭《ろうそく》の灯《あか》りの中で祈りを捧げていた。

「主よ、願わくば我らを祝し、また主の御恵みによりて我らの食せんとするこの賜《たま》物《もの》を祝したまえ。アーメン」

「どうしたとね、蠟燭つけてお祈りしたりして。気分だしよると？」

「ばかね、こん子は。電力不足で停電の時間なの。もうすぐ点《つ》くわ」

ちゃぶ台の上を見ると、大根の葉っぱが入ったドロドロのおかゆと、貧弱なアゴの干物と漬け物が載っかっている。

「貧しいもん食べよるな。助産婦の仕事は重労働やろ、足りとると、カロリーは？」

「大丈夫よ。患者さんの家でご馳走して下さるから。あんた、食べる？」

人の顔さえ見れば、ちゃんと食べたのか、お腹は空いていないかって、習い性になっているんだろう。母さんは僕が生きていた時から、いつも自分が食べる分まで僕にくれようとした。

「僕は食べられんけん、母さん、食べんね」

母さんは黙っておかゆを口にした。美味しい代物《しろもの》でないことは、見ていてもわかる。

「ああ、食べたかなあ、母さんの握ってくれたおむすび、とろろ昆布をまぶしたやつ」

「あんなものが」

母さんはびっくりしたような顔をする。

「運動会の昼休み、みんなが弁当箱開くやろ。母さんのおむすびが一番格好よかとさ、正三角形で角がピシッと立っとって。美味《うま》かったなあ」

「練習したとよ、娘のとき」

自慢そうに母さんは、おむすびを作る真似をしてみせた。

「ごまと塩を載せて炊き立てのご飯を、こう握ると、熱くて熱くて手が真っ赤になるの。ほら飯粒が落ちとるて、おばあちゃんに怒られながらようやく上手に三角に握れるようになった時、女らしさを一つ身につけたように思ったもんよ」

母さんにも娘時代があったのか。今さらのように僕は思った。いったいどんな女の子だったのだろう？　おむすびを特訓してくれたおばあちゃんも、その頃はきっと今の母さんよりも年下だったわけで、なんだ、人間はみんな入れ替わり立ち替わり、順繰りに歳をとっていくんだね。戦争なんてものがない限り。

「おばあちゃん、よく言いよったね、長崎の食い倒れ着倒れ」

「ちょっと贅沢なのね、この街は」

長崎は大昔から外国との交流がある、インターナショナルな街だった。外国人も珍しくはなかったし、料理も文化もハイカラで、戦争が近づいても他の街よりは、自由な空気を吸える土地だった。それがいつの間にか、軍部の人間が偉そうに歩き回るようになって……。

「母さんと中華街でちゃんぽん食ったたな」

「いつのこと？」

「ほら、僕がスパイ容疑で憲兵に捕まったことがあったやろ」

家にひとりでいたその日、突然乱暴に玄関の戸が開いて、僕は逮捕されたのだ。

カーキ色の服に腕章を巻いた憲兵隊長は居丈高《いたけだか》に、こう言った。

「貴様が福原浩二か」

「そうですけど」

「スパイ容疑で逮捕する」

「ええ？　僕が、何で？」

外国のレコードを持っているだけで捕まるとか、ラジオを聴いていただけで捕まるとか、そんな噂は確かにあった。だけどまさか、僕がスパイだなんて。

玄関から連れ出されると、隣の富江おばさんが血相を変えて飛んできた。僕は母さんが心配しないように、伝言を頼んだ。これは何かの間違いだ、すぐに帰れると、高をくくっていた。

「何で僕がスパイなんですか！」

「黙れ！」

問答無用という言葉の意味を、僕はあのとき初めて知った。

「貴様なんか国賊だとポカポカ殴られて暗か部屋の中に入れられてしもて、僕、どうなるかと思うとったら母さんが助けにきてくれたね」

「私、本当に腹が立ったとよ。浩二がスパイだなんて。富江さんから話を聞いて、すぐに憲兵隊に行って私の息子が何をしたとですかって聞いたら、運動会を写した写真に高射砲陣地が写っとった、現像を頼んだ写真屋でそれを我々は発見したって言うから、それを見せて頂戴って私が無理矢理見せてもろうたら十六枚撮りのフィルムの一コマにそれが写ってただけじゃなかかね、もう我慢できん、こんな下《した》っ端《ぱ》と話してもしょうがなか、司令官と話そう。そう思って司令官室に押しかけて行ったの」

「すごかね、母さん」

「息子のあんたを助けんといけんじゃない。無理矢理司令官にお会いして言うたと。たった一コマの写真の隅っこにピンぼけで高射砲陣地がチラッと写っているからといってどうしてそれがスパイになっとですか。スパイなら何枚も何枚も陣地を写しているはずでしょう。うちの息子はスパイなんかじゃありません。お国のために役に立とうと一所懸命勉強している天皇陛下の赤子《せきし》です。そう言うたら司令官が笑いながら、わかりました、あんたに免じて息子さんを釈放しましょう、そげんことをね」

「僕、牢屋みたいな部屋から引っ張り出されて司令官室に入ったら、母さんがおるやろう、びっくりしたよ。ベタ金の肩章をつけた司令官が、この母さんがいなきゃお前は国家機密を漏らしたという重大犯人になったところだぞ、お前はいい母さんを持っているなあって。その帰り、泣きながらちゃんぽん食べたじゃなかね」

「そげんこともあったね」

母さんは、強いんだ。見た目はなんてことないおばちゃんだし、助産婦の仕事はちゃんとしているけど、それ以外ではドジなこともする。だけどいざとなったら、誰もが二の足をふむような大胆なことでもしてのけるんだ。自分が正しいと、知っているから。

でもその後が、おかしかった。厄《やく》落としだといって食堂に入ったのだけど、母さんは緊張の糸が切れたのか、わんわんと泣き出したのだ。鼻水をすすりながらちゃんぽんの汁を飲んでいたかと思うと、今度は僕を殴った憲兵のことを怒り出して、

「ほんっとに腹の立つ」と悪態をつく。泣いたり食べたり怒ったり、洟《はな》をすすったりちゃんぽんを食べたり、忙しいこと。

「母さん、汚《きたな》か、鼻水飲みよるよ」って言ったら、

「黙らんね！　誰のために私がこんな苦労したと思うとね」と、最後は笑っていた。

「母さんという人はさ、どうでもよかことはしょっちゅう失敗したり勘違いしたりして僕を笑わすっけど、でも大事なときは、母さんの言うことを聞けば間違いなかもんな。だけん、町子のことといろいろ考えたよ、あれから」

「どんな風に？」

「あんね、町子がぼくの嫁として一生母さんの世話をして暮す。それは母さんは幸せだし、僕も嬉しい。……そいけど、それは間違っとるな。僕はもうこの世の人間ではなかとやけん。町子は僕のことを忘れて誰かいい人を、できたら僕よりもっと素敵な人を、そげん人なんかおらんと思うけどさ。でも、もし、もしそげん人がおったら、おらんと思うよ、でもおったらその人と結婚すべきだ。僕や母さんは淋しくても我慢する。それが本当の町子への愛なんだ」

言いながら、僕は心の奥で少し、ほっとしていた。この結論を出すまで、僕の中には嵐が渦巻いていたのだ。自分が死んでしまったことの悔しさとか、町子への愛情とか、母さんを心配する気持ちとか、この先どうなるんだろうという不安とか、いろいろ。でも、僕にできることだけを考えたら、こうするのが一番良いことなのだと、結論は残酷なほどあっさりとしたものだった。

「町子が幸せになって欲しいていうのは、実は僕だけじゃなくて、僕と一緒に原爆で死んだ何万人もの人たちの願いなんだ。町子は僕たちの代わりにうんと幸せにならんばいかん、そうやろう、母さん」

「ようそこまで考えてくれたとね。偉かね。さすが私の息子」

母さんに褒めてもらって、僕は嬉しかった。

ちょうどその時、部屋の電灯が点いた。

「あら、点いた」

見ると、母さんの顔が真っ白だ。気のせいだったらいいのだけれど、もともと色白の母さんの顔色は、日増しに白くなる。

あたりが明るくなるのを待っていたかのように、裏口の外から、上海のおじさんの声がした。

「こんばんは」

「どうぞ、あら、おじさん」

おじさんはいつものように慌ただしく、ラジオを抱えて土間に入ってきた。

「ラジオが直ったばい。真空管、二つ入れ替えたけん」

コードをつないで電源を入れると、ラジオから騒々しい音楽が流れ出す。「憧れのハワイ航路」という歌だ。どうやら流行《はや》っているらしい。おじさんは調子良く、鼻声でラジオに合わせて歌ってみせる。

「よか物の手に入ったとよ。進駐軍のピーナッツバター。これメリケン粉。蒸かしてパンを作ってピーナッツバターをつけて食うとさ、美味かやろうな、涎《よだれ》のずっごたる」

僕は部屋の隅で息を潜めた。どうせこの男には、僕は見えやしないけど。

「おじさん、どうもありがとう、お金を払わせて」

母さんは財布を出しながら、ラジオを消す。僕がその、騒々しい音を嫌がっているのに気づいているのだ。

「あるときでよかとよ」

「今、お払いするけん。おいくら？」

「じゃ、三百円もらっとこうか」

「じゃ、五百円」

目の前で現金が行き来するのを見て、ますます嫌な気持ちになった。生きる上でお金は大切な物だけど、死んでしまった今となっては、どうにもその汚さが我慢できない。しかもおじさんは立ち去る様子もなく、土間の框に座り込んだ。僕は追い返してやろうかと、ハタキを手にして身構える。母さんにこれ以上、近づかせるものか。

「進駐軍の石けん、渡してくれたね。あの可愛か学校の先生に」

「とっても喜んでた。くれぐれもお礼言うとって下さいって」

「例の縁談の件やけどね、あれは、しょうがないけん断ったばい。よか話やったとばってんな」

「どうもすみません。おじさん、お茶でも飲んでいく？」

「よかよか、これから一仕事せんばいけん」

一度はカバンを取り上げて出ていこうとしたくせに、おじさんはくるっと向きを変えて戻ってきた。ごくっと息を呑んで、目が据わっている。ぼくは男だからよくわかる。目の前にいる女性に思いの丈を伝えようとすると、男はたいていこうなるんだ。よりによって、僕の母さんに！

「娘さんの縁談は断ったばってん、伸子さん、あんたのほうはどがんね？　結婚する気はなかとね？」

「私が？　なんば言いよっと、からかわんでよ」

さっきまで白かった母さんの顔が、赤くなっている。

「本気で言いよっとさ。一人暮らしのあんたば守ってくれる頼もしい男を見つけんばいかん」

「じゃあ、いい話でもあると？」

「あっとさ」

「へえー大金持ち？」

「それほどじゃなかけど、ばってん、暮らしには絶対困らせんばい」

「どんな人やろか。私の知ってる人？」

「よう、知ってる人」

「誰？」

「ま、簡単に言えば、このオイばってんね。アハハハ」

僕はその時、後ろで思い切りハタキを振り回していたけれど、本当におじさんを追い返したのは母さんの笑い声だった。冗談だということにして、なにもかも丸く収めてしまう。惚れた女にこれをやられると、男はもう、手も足も出ない。母さんがこんな必殺技を身につけていたなんて、僕には驚きだった。

「おじさんも冗談がお上手ね、ウフフ」

「そ、そしたら、また来っけんね。アハハ、アハハ」

笑いながら外に出たおじさんは、自棄《やけ》くそ気味にもう一度笑うと、ため息をついた。そして僕はといえば、怒り狂っていた。

「母さん、塩撒かんか！」

「あら、見てたの？」

母さんは、平気な顔をしている。

「見てたよ！　何や、あのおじさんは。不潔だよ。母さんもなんね、あがん図々しかおじさんと品のなか冗談言うて笑《わろ》うたりして。家に入れんなよ、あがん奴」

母さんはお茶を淹れながら、僕を見返した。

「わかっているとよ、あのおじさんが私に好意以上のものを持ってることぐらい。その好意に甘えて、私がお砂糖やメリケン粉やいろんな闇の品を安く手にいれよる」

「ずるかよ、そういうの、母さんらしくなか」

なんだか僕は、嫌だった。母さんが汚れてしまったみたいな気がした。

「そうね、確かにずるかね。でもね、浩二。あのおじさんはそれほど悪い人じゃなかよ」

「甘いよ、そういう考え方は。人が好《よ》すぎる」

「いいえ。私だってそがんお人好しじゃなかよ。この三年間の苦しい暮らしの中で、人に騙されたり親戚に貸したお金が返ってこなかったり、仲良しやったお友達に裏切られたり、酷《ひど》い目におうてきたとよ。でも、あのおじさんは一番大事なところでは裏切らん人だと思う。女学校の先生だったお父さんのような、大学を出たインテリとは対照的で不作法な人だけど、でも、今のような混乱した時代を生きていくためには、あのおじさんのような、なりふり構わん行動力が時として必要なの。誰かが本当に困った時に、よし、なんとかしてやる、と言える人がね」

僕は返す言葉が見つからなかった。学生のまま死んでしまった僕は、実人生を知らない。戦後の荒廃した空気を知らない。目先の利益のために裏切ったり誹《そし》ったりする人々の悪意を知らない。生きるためにはずるくもなる、そういう知恵を身につける暇もなかった。そんな僕に見えないだけで、あの不潔なおじさんにも美点があるというのか。

「でも浩二に怒られたけん、もうあのおじさんから闇物資を買うのはやめます」

それで生きていけるのか、僕には考える余裕もなく、納得するしかない。

「わかったよ、でも僕、父さんに会ったら言いつけてやるけんな。お見合いを勧められて喜んでたって。知らんぞ、怒ったって」

「ダメよ、浩二、そんなこと父さんに言わんで」

「言うよ、絶対言うけんね」

母さんが冗談でおじさんの求愛を受け流したように、僕も冗談でその場を忘れることにしたんだ。

一九四八年　霜降月　伸子

　庭先の木々が色づき始めている。今年は随分と秋が長い。先日取り上げたばかりの赤ん坊に沐浴《もくよく》をさせながら、私は母親の和代《かずよ》の話を聞いていた。彼女はすでにすみれと武志を産んだ経産婦だが、この厳しい食糧事情の中、とうとうお乳が出なくなってしまったと嘆いている。

「大丈夫、母親の本能ってすごいとよ。子どもを育てようという気持ちが、お乳の出をよくするの。そりゃタンパク質をちゃんと摂ることが大事だけど、でもお乳が出ないと気にするとはよくなかよ。すみれちゃんの時はまるで真珠のようないいお乳が出たじゃないの。ねえ、すみれちゃん」

　話しかけられ、小学生のすみれは恥ずかしそうに生まれたばかりの妹を覗き込む。

「でも、あん頃はまだお肉の配給もあったし」

「そうね、今に比べたらマシやったね、でも大丈夫よ、心配したらダメ。そうだ、この子のお名前決まったの？」

「はい。町子にしました。籠町《かごまち》の町子」

「うちらの先生と同じ名前よ、町子先生」

すみれは自慢するように言った。そうか、すみれちゃんは町子の教え子なのか。

「すみれちゃんは、天神小学校？」

「そうよ」

「おばさんは町子先生をよう知っとるとよ。どう？　よか先生？」

母親の和代がすみれの代わりに、「若くてきれいな先生ね」と答えてくれた。町子は子どもだけでなく、親にも評判がいいらしい。すみれが何やら、母親に耳うちをして、「またそげんことを」とたしなめられた。

「なあに？　どうしたの」

お芋の皮を剝《む》きながら、すみれはうれしそうに話し出した。

「あのね、黒ちゃんは好きとよ、町子先生のことが」

「あら」

黒ちゃんとはいつか町子が話してくれた、メンデルスゾーンを聴いて泣いてしまった教師のことだろう。叱られてもさして気にしないすみれに向かって、「黒ちゃんてどんな先生？」と聞いた。

「背が高くて声がよかとよ」

「歌が上手なの？」

「下手。声はよかけど音痴」

「これ、あっち行っとかんね。おしゃべりばっかいして」

すみれはまた母親に叱られ、その声に驚いた赤ん坊が泣きだした。

思いがけないところで、思いがけないことを聞いたものだ。そうか、そういうことか。私はちょっと嬉しくなった。そういえば、最初に町子が黒ちゃんのことを話してくれた時、どこかいつもと違う気がした。子どもたちの間でそんな噂になっているということは、ふたりは良い関係なのだろう。子どもの勘は下手な大人より鋭い。どうか良い形に収まりますように、私は心の中で祈っていた。

白い絣《かすり》の着物に袴《はかま》姿で浩二が現れたのは、それから二、三日後のことだ。

「母さん」

「まあ、懐かしか。その絣、お兄ちゃんのお古だけど、あんたのほうが似合っとったもんね」

浩二は満更でもない様子で、おどけてポーズをとる。いつしか私の耳に、低く太鼓の音が鳴り響き、山口高等学校の寮歌が聴こえてきた。かつて謙一が歌い、浩二も歌ったこの歌を、今夜、もう一度、浩二が聴かせてくれるらしい。

柳桜をこきまぜて
春も錦となりくれば
後《うしろ》河原の枝並みに

若き思いも寄する哉《かな》

音楽好きな浩二は、歌が上手だ。長崎医大に進んだけれど、浩二が本当に好きなことをやらせてやりたかったと、私は今さらのように思う。

「母さん覚えとる？　女学生の町子と二人で汽車に乗って、山口の高等学校の文化祭に来てくれた時のこと。何がおかしかと？」

覚えているも何も、あの時の浩二のことは忘れられない。今でも思い出すとおかしくて笑ってしまう。

「ほら、講堂でいろいろな催しものがあった中で、一番ふざけていたのが南洋の踊り」

「ああ、あれね」

「体中墨で真っ黒けに塗って、腰蓑《こしみの》つけて、『私のラバさん〜』なんて腰を振って踊っている学生さんたち見とったら、そん中にあんたがおるじゃなかね。もうおかしいやらバカバカしいやら」

「その後のこと、覚えとる？　真っ黒けなままで運動場に出てストームしとったら、天気のいいかんかん照りの日でさ、僕、皮膚が弱かけん、体中火ぶくれしてしもうて」

「あんたのお友達が、お母さんちょっと来てくださいって言うからついていったら、あんたが水道で一所懸命墨を落としよって、皮膚が火ぶくれで真っ赤に腫《は》れて痛かって」

浩二は水道の水を友達からかけてもらって、塗りたくった墨をなんとか落とそうともがいていた。夏の日差しに水滴がキラキラと光って、今思うとあれは、本当に幸せな記憶だ。

「本当に痛かったとさ、大火傷《やけど》」

「私が持っていたクリームを、みんなで寄ってたかってあんたの体にベタベタ塗りたくって」

「母さん怒るとやもんな、怖か顔して。そん向こうで町子が木の蔭から覗いて笑ってるんだよ、顔を真っ赤にして。褌《ふんどし》一つのおいが痛か痛かって泣きそうになっとるのに。ああもうダメだ、おいは町子に振られたと絶望して、飯も食わずに寝てばっかおった。授業も休んで」

「でも、振られんかったでしょう」

「暫《しばら》くして小包が来て、中に火傷の薬が入っとった。そして手紙。その後火傷はいかがですか？　この薬で一日も早く火傷を治して、今度お会いするときには、元のきれいな白い肌になっていて下さいね、そう書いてあったよ」

「よかったね」

町子は帰りの電車の中でも笑ったり、心配したり忙しかったのだ。

「町子から手紙もらって嬉しかったな、僕、本当に嬉しかったあん時。急にお腹が空いて飯バクバク食うたよ。友達にさんざんからかわれたりして」

幸せな記憶には違いない。けど、今それを思い出せば、辛くなるばかりだ。

「浩ちゃん、泣いたらダメよ。泣くとあんた消えてしまうから。もうしばらくおってね、秋の夜は長かけん」

「町子に話してくれた？」

「何を？」

「ほら、僕のこと忘れろって話」

あれから町子とゆっくり話をする機会はなかった。私の一存ではなく、浩二も納得してくれた以上、町子にはもう一度きちんと話さなければならない。

「母さんだって辛かよね、そんな話するんは」

「でも、話さんばね、いつかは」

と、そこに、町子がガラス戸を開けて入ってきた。

「おばさん、こんばんは」

浩二はすっと、姿を消した。

「おばさん、驚かんで。小豆が手に入ったとよ。ほら」

町子の手の中で、粒の揃《そろ》った見事な小豆が光っている。

「あら、珍しか。よう手に入ったね」

「お盆あるかしら?」

今し方までそこにいた浩二の気配が、私の背中を押す。今夜こそ、話さなければ。

「お砂糖を手に入れんばね。やっぱり上海のおじさんに頼むかな」

「おばさん、聞いた? 郵便料金の値上げ、倍よ。新聞、ラジオもよ。どうやって生活していけばよかとやろう」

「生き残ってもいいことなんかなさそうね、こん先」

「そげん言い方したらダメよ、おばさんらしくもなか」

「だって息子は二人とも死んでしまったし、他に身寄りはないし」

「私がおるじゃなかね」

盆にあけた小豆のゴミを、町子は拾い始めた。私も眼鏡をかけてそれを手伝いながら、話を切り出す。

「ねえ、町子さん、そのことだけど」

「何？」

町子の手は止まらない。

「いつまでも私や浩二に義理立てせんでもよかとよ」

ぴたっと、町子の手が、宙に浮いたまま、止まった。

「いつかはいい人を見つけて、新しい家庭を作ることを考えんばね」

「おばさん、この間も言ったでしょ、うち、結婚する気はなかとよ」

ため息混じりに、町子が言う。

「どうして？　どうして結婚せんとね？」

町子は、ふうっと大きく息をつくと、話し始めた。

「おばさんだけに話すね、この話。原爆の落ちる前の日、八月八日の夕方。動員先の三菱兵器茂里町《もりまち》工場から帰ってくる時、私たち仲良し三人組の睦子《むつこ》さんと立石《たていし》さんと私はいつものように宝町《たからまち》の交差点で別れる時、なぜだかその日は睦子さんが急に改まった顔でね、うったちいつ死ぬかわからんとよ、だけん、たまにはさよならの挨拶を丁寧にしてみらんて言うたけん、うったちは、さようなら、また明日お会いしましょうね、ご機嫌ようと深々頭を下げて、三人でその後大笑いしたと」

「その翌朝だったのね、あんたがおなか痛くなって工場を休んだのは」

そのおかげで、町子は命をながらえたのだ。

「八月九日、睦子さんも立石さんも、工場の天井に押しつぶされて、助けて助けてと言いながら死んでしもうたの。私、睦子さんから腕時計を借りとってね、スイス製の素敵な時計。それ返さんばいけんとに、なかなか行きづらくてね、何か月も経って思い切って行ったと、睦子さんの家に。この時計お借りしていましたって睦子さんのお母さんに言うたら、お母さん私を抱いてくださって、あなたはよう無事やったね、そうおっしゃるから、うち、つい、お腹痛くて工場を休みました、そう言うたと。そしたら、お母さん、うちを突き放すようになさってじっと冷たい目で睨《にら》んで、こう言われたと。睦子もお腹痛くてズル休みすればよかったとね、って。

睦子さんや立石さんのことを思うと、うちは生きとるんが申し訳ないの。ましてや結婚して幸せになるなんて、そげんことしたら罰《ばち》が当たります」

生き残った人間は、生き残ったことを罪だと思っている。生きていることが間違いだと思ってしまう。私の心の隅にもそういう思いはいつも巣くっている。だけどよくよく考えるとそれは、理に適《かな》わぬことなのだ。

「私は浩二さんの妻です。それでよかです」

「ダメよ、そがんことはダメ。そんなことをしたって浩二はちっとも喜ばん。あんたが結婚して幸せになることを浩二はきっと望んでいるはずよ、だからあんたはね、誰かよか人と」

「そんな人はおりません。変なこと言わんで」

町子は話を断ち切るように勢いよく立ち上がり、流しで小豆を洗い始めた。ざわざわざわと、小豆の音がする。どう言えば、わかってくれるのだろう？　これからも生きていかねばならないのだと、どうすれば若い町子に伝えることができるのだろう？

「怒らんでね。ほらいつか、あなた話してたでしょう。同僚の小学校の先生でメンデルスゾーンを聴きながら泣いてたという人、何だかとてもよさそうな人じゃないの」

急に何を言い出すのだ、とばかり、町子はきっと強い目を向ける。

「なんであの人のことなんか——。いい人だけど、それだけのことです」

「ごめんね、例えばの話をしているのよ。いつか誰か、あなたの眼鏡にかなった人が現れてその人と結婚して子どもをたくさん産んで——」

「私、そげんことしません」

小さな悲鳴のように、町子は言う。

「お願いだから聞いて頂戴。あなたの子どもがお母さんが先生をしている小学校に入学する。そうなったらよかねって私は思うの」

「おばさん、やめてください、そんな話は」

「ともかく、あんたがこの人はと思う人に出会ったら、出会ったらでいいの、浩二のことは忘れてあなたの人生について考えて頂戴。浩二もきっとそう思っとるはずよ」

「いいえ、浩二さんは怒ります。私がそげんことしたら」

「怒らん。絶対に怒らん。私は母親だからようわかってるの、ね、そうして頂戴」

誰かが言わなければならない。そしてそれを言うべきなのは、この私なのだ。浩二を諦めること。浩二を忘れること。浩二以外の男性と恋をして、結ばれて、自分の人生を切り拓くこと。睦子さんや立石さんのことも忘れて、幸せになること。それが生き残った町子の、大事な大事な役目なのだ。

「町子さん、怒ったの？」

「一人になってよう考えます。おばさん、さよなら」

町子の痩せた肩が、それ以上の言葉を拒んでいた。見送るしかない。

呆然《ぼうぜん》としている私に、浩二が声をかけてくる。

「母さん、ちゃんと話してくれた？」

「あんたに言われた通りにしたよ」

「もしいい人がいたら、僕のこと諦めて一緒になればよかよってそんな風に話した？　町子はなんて言いよった？」

「考えてみます言うて泣きながら帰っていったわ、可哀そうに」

「そうか、泣きよったか」

そう言う浩二も、今にも泣き出しそうな顔をしている。

「浩二、泣いちゃダメよ」

「大丈夫、僕、泣かんよ」

実際、泣いているのはこの私だった。町子に向かって、言いたくて言った言葉はひとつもない。

「辛かったよ、私も。自分の娘を無理矢理手放すような、そんな気がして」

「母さん、しっかりせんね。まるで母さんが失恋したみたいじゃないかね」

「そうね、悲しんじゃいけんね。あの娘《こ》のためを思って言ったことなんだから」

浩二はなんとかして話題を変えようと、部屋の中をあちこち見ている。そのうちに、大好きな川上先生の写真が飾ってあるのを見つけた。

「川上先生だ。懐かしいな。お酒が大好きな先生でさ」

「家に見えたことがあったわね、なけなしの配給のお酒をご馳走したりして」

「あの翌日、先生に呼ばれて研究室に行ったとさ、そしたらいきなり大声で、福原君、君のお母さんは美人だなあって。その晩はまた一緒に飲んだとよ。あの先生、酔っぱらうと必ず歌うんだ、母校の第五高等学校の寮歌をさ。武夫原頭《ぶふげんとう》に草萌えて、花の香甘く夢に入りってさ、どうしてるかな、今頃」

浩二はそこまで言うと、はっと宙を見つめた。

「あれ、僕は川上先生の授業のときに……」

「そうよ、あんたの人生は八月九日のあの先生の講義で終わったとよ」

「そうか……。先生、どうなったかな」

「奇跡的に瓦礫《がれき》の山から抜け出されたんだけど、全身に小さなガラスの破片がまるで磁石で吸い寄せられたように、びっしり突き刺さって、血まみれの体で滑石神宮まで辿り着いて、看護婦さんが懸命に看病したけど、先生はもうご自分で死期をお悟りになったのね——。お酒はないかねとおっしゃったんですって。看護婦さんが消毒用のアルコールを水で薄めてお口に入れて差し上げたらね、体中がそっくり返るほどお苦しみになったんだって」

「トリスムスだ。咀嚼《そしやく》筋《きん》の強《きよう》直《ちよく》痙攣《けいれん》。苦しいんだ。あれは」

「そうしたら今度は先生がチューブで喉に入れてくれとおっしゃったので、看護婦さんが泣きながらお入れしたけど、また痙攣が起きるんだって。川上先生はやっぱりダメかねって淋しそうにお笑いになって、それから暫くしてお亡くなりになったそうよ。それが敗戦の日の八月十五日。浩二も覚えているでしょう、吉岡さんという看護婦さん。あの人がここに来て話して下さったけどね、その吉岡さんも去年の春に原爆病で亡くなったの。クリスチャンでね、きれいな人やった」

浩二はそこまで聞くと、堪えきれなくなったのか、声を上げて泣き出した。
私は声をかけることもできず、消えていく浩二を見送るしかなかった。

一九四八年　師走　　伸子

師走ともなると長崎には季節風が吹き、気温が一気に下がる。今年もあと少しだ。浩二が私の元を訪れるようになってから五か月近く、私は以前よりもずっと、生きるのが楽になった。まるで、あの子が生まれてからいなくなるまでの時間をもう一度、一緒に過ごしているようだ。

楽しかったことを思い出してふたりで笑っていると、浩二を産んで良かったとしみじみ思う。いろいろなことを思い出せば思い出すほど、心が重荷を下ろしていくようで、幸せな気持ちになれる。

逆に体の調子は、悪くなるばかりだ。秋口にひいた風邪はなかなか治らず、風の強い日には表に出るのも億劫になってしまった。

教会で日曜日のミサの最中に、具合が悪くなったこともある。膝立ちで賛美歌を

歌っているとき、急に胸が苦しくなったのだ。そばにいた富江さんが、

「伸子さん、どがんしたとね？」

と大きな声を出すものだから、ちょっと大ごとになってしまったのだけれど。

「すみません、しばらくこうしとれば大丈夫」

そう言うとみんな、歌に戻ってくれた。栄養失調やら貧血やらで、ふらつく人は世の中にたくさんいるのだもの、いちいち心配してはいられない。でも富江さんは、いつまでも私の背中をさすってくれていた。

「あんた、こげん痩せてしもうて。ちゃんと食べよると？」

そういえば、浩二のことを諦めるようにと伝えたあの夜以来、町子はここを訪ねてこなくなった。街中で一度みかけたときに、忙しいと彼女は詫びていたけれど、私はこれで良かったのだと思っている。大掃除も正月の支度も、今までは町子と一緒にしていたけれど、思えばそれは、間違いだった。そんな風に私が甘えていたから、町子もなかなか思いきることができなかったのだ。

大丈夫、ひとりの暮らしくらい、自分でまだまだやれる。そう思って拭き掃除をしていると、久しぶりに上海のおじさんが顔を出した。進駐軍の横流しだろうか、あたたかそうなコートを着込んでいる。

「こんにちは」

「あら、おじさん」

相変わらず人懐こい笑顔で、せかせかと話し始める。

「やあ、参った参った。こん暮れの忙しかときに豚箱《ぶたばこ》に一週間もお泊まりやったばい」

まるで旅の報告でもするように、おじさんは言う。

「豚箱って、警察の留置所のこと？」

「沖合で碇《いかり》を下ろしとる船から船員とグルになって油ば頂こうて思ったとばってん、悪か仲間にチクられてさ、水上警察のモーターボートがサイレン鳴らしてやってきたとよ。海に飛び込んで逃げたとばってん、岸壁であえなく逮捕。風邪ひくわ、油は没収さるっわ」

ちっとも悪びれずに、子どもが悪戯《いたずら》を白状しているみたいで、このおじさんは憎めない。

「大ごとやったね、もう大丈夫なの？」

「大丈夫、大丈夫、こんくらいのことではくたばるオイじゃなかよ」

おじさんは大きなカバンから、いつものように品物を並べ始めた。

「黒豆、持ってきたばい。正月はこれがなからんばね。あと蒲鉾《かまぼこ》」

私はあわてて、おじさんのそばに駆け寄った。

「あのね、おじさん、あなたの厚意はとても嬉しいとよ。そいけど闇物資食べるのはもうやめようと思うの。だって闇物資を一切買わんかった裁判官の人が飢え死にしたでしょう。そんな真面目な人がおるのに、私だけがこういう贅沢をするわけにはいかんと思うのよ、日本人の一人として」

おじさんはぽかんと口をあけて、私の言うことを聞いていた。今の日本には、建前と本音が複雑に入り乱れている。清濁併《せいだくあわ》せ呑む覚悟がなければ、最低限の暮らしさえ覚束《おぼつか》ない。私もそう思っておじさんから闇の食糧を調達してもらってきたのだけれど、今日の私は清廉潔白を装う、建前の人間だ。

「そげん堅かこと言わんでよかさ。オイなんかより桁《けた》違いに悪かことしとるやつが一杯おっとやけん、こん国には」

おじさんの言うことは、間違ってはいない。だけど私は約束したのだ、浩二と。もう二度と、闇物資に手は出さないと。

「お願いだから、こいは持って帰って。息子にも厳しく言われてるの、おじさんから買っちゃいけんって」

おじさんが、怪訝《けげん》な顔をして私を見た。

「息子って浩二くんのことね？」

仕方ない、頷いてみせる。

「浩二くんは死んだんじゃなかか」

ここでおじさんに説明しても、わかってもらえるはずはない。

「そう、夢枕に立ってそう言うたと。闇の物は買っちゃいけんよって。だからお願い、これは他の人に売ってあげて」

夢枕と聞いて、おじさんは返事に困っているようだった。

「そりゃ、生きとったらそげん言うたかもしらんけど、死んでしもた息子の言うことを聞かんでよかやなかか」

「ごめんなさい。せっかくの厚意を無駄にして」

「あんたの喜ぶ顔が見たくて、この坂道ふうふう言うて上ってきたのに」

「すいません」

頭を下げるしかない。それに闇で買わなくても、近頃の私はめっきり食が細くなってしまった。何を食べても、あまり美味しいとは感じない。何か食べたいという欲も、薄くなった。朝昼晩、決まり事のように食卓の前に座り、あり合わせの食べ物を口に運ぶだけで十分なのだ。

不承不承《ふしょうぶしょう》腰を上げようとしたおじさんが、急に話を変える。

「そうたい、大事な用件ば忘るっとこやった。浩二くん、レコード沢山持っとったやろう。今でもあるね？」

「あるわよ」

レコードは浩二の大切にしていたもの、今となっては浩二の形見みたいなものだ。

「オイさ、近々思案橋《しあんばし》の近くで喫茶店ば開くとさ。音楽喫茶。ベートーベン、ジャ、ジャ、ジャ、ジャーン！ 今東京で大流行ってばい。浩二君のレコード、オイに売ってくれんね。うんと、よか値で買うけん」

なんとたくましいこと！ 闇屋で稼いだものを元手に、今度は店を開くというのか。そのために浩二のレコードを手に入れたいと……。いやだいやだ、浩二の思い出を汚されるようで、私は身震いした。それに浩二は今も、あのレコードを大切にしているのだ。

「それはできんとよ。そんなことしたら浩二に怒られる」

「怒られるって、また浩二くんが夢枕に立ってね？」

おじさんは呆れるのを通り越して、心配そうだ。無理もない。おじさんは浩二が今も私の前に現れているなんて、知らないのだから。

「そう、浩二が枕元に立ってそう言うの。おじさんの気持ちはありがたいけど、レコード売るとは勘弁して。私が死んだら大学に寄付したいの。浩二もきっとそうしろと言うわ」

「伸子さん、あんた、体の具合の悪かとじゃないか」

「あら、どうして？」

「一度医者に診てもらったほうがよか。金のことならオイがどがんでもすっけん」

「ありがとう。浩二も心配してくれてるのよ、いつも」

もう、どう思われてもいい。息子に死なれて、ひとりぼっちになって、とうとう気がおかしくなったと思っているのだろう。他人様《ひとさま》がどう思おうと、私は平気だ。おじさんに浩二は見えなくても、私には見えるのだから。しょっちゅう出てきてくれて、しかもお喋りで、今も楽しい時間を過ごしているのだから。

そう思うと、なんだか笑ってしまいそうになる。

「わかった。もう浩二君の話はせんでよか。くれぐれも体大事にせんば。年が明けたらまた来っけん」

「どうもありがとう」

キツネにつままれたような顔で外に出ると、おじさんはこそこそと、隣の庭にいた富江さんに声をかけた。

「福原の伸子さんのことばってんさ、近頃少し、様子のおかしうなかね」

私に話が聞こえないように、ふたりは背中を丸めている。

「うちも気にしとっとですよ、元気のなかもんね」

天涯孤独な私の事情は、ふたりともよく知っている。心配してくれるのは本当にありがたいけれど、私はこれ以上、迷惑をかけたくない。

話の途中で富江さんが、おじさんの荷物に目を留めた。

「おじさん、なんか持っとらんね、お正月の品物」

「黒豆ならあるよ」

「あら嬉しか！　中に入らんね」

一九四八年　春待月　　町子

久しぶりに、浩二さんの家に向かう坂道を上った。ゆっくりゆっくり、足を踏みしめていく。私のかたわらには黒田正圀《まさくに》さんが松葉杖をついていて、彼の歩調に合わせると私の足取りは遅くなり、その分確かなものになるのだ。

おばさんに浩二さんのことを諦めるように諭《さと》されたのは、夏から秋のことだった。それよりずっと前から黒田さん、黒ちゃんは私のことを特別な想いで、だけど優しく見守っていてくれた。そのことを私は知っていたけれど、気持ちの上では浩二さんのお嫁さんになっていた私は、気づかないふりをしていた。

浩二さんは私の心の中にずっと棲みついていた。その浩二さんを喪ってしまうと、私が私でいられなくなるような気がして、心底怖かった。黒ちゃんといろいろ話しているうちについ、そんなことまで私は話してしまい、その時、黒ちゃんはこう言ってくれたのだ。

「大好きな人は、宝物なのだと僕は思います。哀しいことに福原浩二さんは原爆で命を落とされたけれど、町子さんの心の中で浩二さんは生きている。だったらこの先も、心の中に棲んでいてもらえばいいじゃないですか。諦めるとか忘れるとか、今この時にわざわざしなくても、人はいつか忘れるし、諦めるんです。人はそれでも、生きていかねばならんのです」

母を亡くし妹を亡くし、自分の片脚も戦場で失った彼の言葉は、すとん、と私の胸の底に届いた。そうなのだ。私が一番恐れていたのは、私自身がいつか浩二さんを忘れてしまうことなのだ。それは許されることではないと思っていたけれど、許そうとしないのは誰でもない、私自身だった。

にもかかわらず最近の私は、生徒のおかげで声をあげて笑うことがある。映画や本に夢中になって、浩二さんのことを忘れる瞬間もある。新しい服を着て、心が浮き立つこともある。私はもう、浩二さんの居ない人生を歩き始めている。

そして私の傍らには、黒ちゃんがいてくれる。この先もずっと一緒にいてくれることを、約束してくれた。そして彼のほうから言ってくれたのだ。「福原浩二さんに、一度きちんと、ご挨拶をしておきたい」と。

いつものように門を入って裏口にまわり、正圀さんを外に待たせて、私はガラス戸を開いた。

「こんにちは、町子です」

「はい」とおばさんが答える。今までこたつで横になっていたらしい。裏口から吹き込む風にさらされたおばさんの顔は真っ白で、体はひとまわり小さくなったように見える。

「おばさん、お手伝いに来られんですみません。お正月の支度、できた？」

「支度というほどのことなんてなかよ。お掃除をして、お料理を二つ、三つ作っておしまい」

「餅米が手に入ったから、昨日家で餅つきをしたと。これほんの少しだけど、お雑煮用とちっちゃなお供え」

私は紙に包んだ餅をちゃぶ台の上に置く。

「まあ、ありがとう。ようやくお正月らしくなるわ」

「ごめんなさいね、ご無沙汰して」

「よう来てくれたわ。あんまり来ないから、町子さん、きっと怒ったんじゃないかって思うとったとよ。そうじゃなかった？」

私はいたたまれない気持ちになった。こんな風に心配してくれているおばさんに正圀さんを紹介するのは、酷なことではないのか。そうは思ってもここまで来て、逃げ出すわけにはいかない。

「私、怒ってなんかいません」

おばさんは着物の衿をかき合わせて、裏口の戸を開けたままにしてあるのをいぶかしそうに見る。

「町子さん、入口閉めてくれん。風が冷とうて」

「あの私、おばさんに怒られるのを覚悟でね、連れてきたと」

「誰を？」

「会《お》うてくださる？」

おばさんは変な顔で頷く。私が外で待っていた正圀さんに声をかけると、松葉杖をついた彼が緊張した表情で台所に入ってきて帽子を脱いだ。私はおばさんに向かって口を開く。

「私の学校で先生をしている黒田正圀さんです」

「はじめまして」

おばさんはあわててきちんと座り直した。正圀さんは誰にでもそうするように、穏やかな目をして黙っている。

「実はね、おばさん、この人と私――」

なんと言うべきか、言葉に詰まる。心の中では練習してきたのに。

「婚約されたの？」

おばさんは私の真っ赤な顔を見て、察してくれたようだ。私は頷いた。

「そう。おめでとうございます。それでわざわざ来てくださったとね？」

「ええ。この人がどうしてもおばさんにご挨拶したいって言うから」

私は涙が出そうになった。片脚をなくして、背が高くて、眼鏡の奥に綺麗な瞳がある正圀さんを見るおばさんの目は、とても温かかった。

おばさんは正圀さんを見つめて、言った。「ご存知なのね、浩二のことは」

「はい、町子さんから伺っています」

「じゃあ、浩二に会ってくださる？」

正圀さんは上がり框に腰を下ろした。片方しかない足の、靴紐を私が緩めるのを、おばさんはじっと見ている。

マリア様が飾られた棚の前には、いつものように浩二さんの写真が笑っていた。

「この子が浩二です。長崎医大の学生だったの。八月九日の……、ご存知よね、そのことは」

正圀さんは浩二さんの写真の前にゆっくりと腰を下ろし、両手を合わせた。おばさんは写真の浩二さんに、私の代わりに正圀さんを紹介してくれた。

「浩二、この方ね、町子さんの……」

それ以上は、言葉が続かない。突然両手に顔を埋めて、嗚咽《おえつ》をこらえる。

正圀さんは深々と頭をさげ、帰り支度をする。

「奥さん、お正月が明けたらゆっくりお話しに参ります。今日はこれで」

おばさんはそれを聞いて、黒ちゃんに向き直った。

「黒田さんとおっしゃったわね」

「はい」

「命ながらえて故郷に帰ってきて、メンデルスゾーンを聴きながら涙をこぼしたのは、あなただったのね」

「はい」

「よかったわね」

正圀さんの目から、静かに涙が流れた。ほとんど言葉は交わしていないのに、おばさんと黒ちゃんの間に、何か温かいものが通い合ったようだ。

「黒田さん、どうぞ町子をよろしくお願いします」

私の母親のように、おばさんは頭を下げてくれた。

「浩二さんにお伝えください。この人のことを一生僕は大切にしますけん」

「ありがとう、そいを聞いたらきっと喜ぶわ、浩二は。いいえ、今、喜んでます」

正圀さんはもう一度深く頭を下げると、裏口に向かった。

「それじゃおばさん、良いお年を」

「あなたもね」

裏口の戸を閉めようとしたその時、これで私は、長年通い続けたこの家と縁が切れてしまうのだと気がついた。まるで幼い子どもに戻ったようにあわてて駆け戻り、おばさんの首にかじりつく。

「ごめんなさい。私、浩二さんに何てお詫びすればよかやろか――」

「よかよか、これでよかったとよ。幸せにならんばよ、ね」

どうすれば幸せになれるのか、そもそも幸せって何なのか、今の私にはわからない。片脚を失った黒ちゃんとの未来はきっと、そう簡単なものではないだろう。だけど私はおばさんのおかげで、一歩踏み出すことができた。ここから先は、自分で歩いていく。私はおばさんの家を後にした。

一九四八年　初夜明　　浩二

手のひらに入るくらい小さなお供えの餅を、母さんが僕の机に飾ってくれた。ついでに、そばにあった町子と僕のスナップ写真を、そっと机の抽き出《ひだ》しにしまい込む。それがどういうことを意味するのか、なんとなく、わかる気がした。居間に戻った母さんは、「ああ、くたびれた」と独り言をつぶやく。

元気を出してほしくて、僕は父さんのコートを着たまま、母さんに話しかけた。

「母さん、今日映画を観てきた。僕、どこの映画館だって自由に入れるよ」

「まあ、よかね」

「すごかったよ、イギリス映画『ヘンリー五世』。色がついとった、画面に。テクニカラーって言うとってさ。アメリカやヨーロッパではカラーフィルムの研究が進んどることは知っとったけどもうすぐ映画は白黒からカラーの時代になっとね。母さんはどんな映画観た？」

押し入れから布団を引っ張り出しながら、母さんが答える。

「『アメリカ交響楽』。超満員の長崎セントラルでね、通路に座って観たとよ」

「でもよかったやろ、あの映画。ガーシュインの『ラプソディ・イン・ブルー』って曲が素晴らしかとさ。僕、うっとりしてしもうたよ。あんな映画って戦前はなかったな。アメリカっておかしな国よね。あがん素敵な映画も作れば、原爆も作るとやけん。母さん、どうしたと。元気なかね」

「あんたが映画を観てる頃にね、家に来たのよ、町子が。二人で」

「二人？」

そうか。そういうことか。

「浩二、わかるでしょう。浩二が幸せになって欲しいと願っとる町子の相手の男の人と」

母さんは僕を気遣って、言葉を選んでいる。

「町子さんと婚約しましたって、挨拶に来たとよ」

ちぇっ、頭にくる。そりゃあ、僕だって町子には幸せになってほしい。諦めてくれと母さんから言ってもらった。だけどこんなに早く僕の代わりを見つけなくてもいいじゃないか。

「婚約か。おったか、そげん人の」

「そう、おったと」

聞いてもしょうがないと思いながら、聞かずにいられない。

「どがん人やった?」

「戦争で負傷して片脚がないと。松葉杖ついて不自由そうにしとらしたけど、いい人よ」

「いい人って、どがん風に?」

「だからいい人なの。お母さん、心からそう思ったの。この人なら信用してよかって」

「母さんがそう言うならきっと大丈夫やろうな。町子は幸せになれるんだな」

「きっとなるわ。小学校の先生だそうだけど、子どもたちにとっても人気があるんだって」

　まさか、軽薄な男なのか？

「じゃ、面白か人ね？」

「その反対。真面目な人。穏やかで、物静かで、あんたみたいにお喋りじゃなかとよ。あの人なら安心」

「僕、そんなにお喋りかな？」

「お喋りよ、あんた家におったら一日中、母さん母さん、私が返事するまで母さん母さん。あんた、母さんという言葉をもう一生分言ってしまったんじゃなかと」

「何言いよっとか、バカ」

　母さんを元気にしてあげたくてここにいるのに、僕は町子の婚約という衝撃に打ちのめされて、黙り込んでしまった。

「どうしたの？　辛いの？　でも我慢せんばね、浩二は男の子やもんね」

小学生の子どもにでも語りかけるように、母さんは言う。

「また僕が泣くと思うとったやろ。大丈夫、泣かんよ、町子が幸せになればいいなて思っとる。母さんの判断を信用して」

「よう言うてくれたね、いい子ね、浩二は。大丈夫、幸せになるわよあの娘《こ》は。賢いし優しいし、きっといいお母さんになるわよ、子どもをたくさん産んで……」

母さんは、突然言葉を詰まらせた。目に涙があふれている。

「どうして母さんが泣くの？」

「あの娘は幸せになって、そして、いつか浩二のことを忘れるとやろうね」

「それでよかさ。忘れんばいかんとさ」

「でも、どうしてあの娘だけが幸せになるの。お前と代わってくれたらよかったとに」

……そうだよね、母さん。それが嘘のない、まっ正直な気持ちだということは、僕がよく知っている。死んだのが、なぜ僕なのか。なぜ他の人ではなかったのか。それは日本中、世界中で愛する人を喪った人が、必ず思うことなんだ。でもそれを聞いて一番辛いのは、死んだ僕なんだよ。

「母さん、やめろ。それを言うな。母さんらしくなかぞ、そげん言い方は」

思わず強い言葉を出してしまった僕に、母さんははっと我に返ったように、

「ごめん、ごめん。私は間違ってる。母さんは悪い人、本当に悪い人よ、あの娘に嫉妬するなんて」

自分が口にした言葉に打ちのめされたように、母さんは布団に倒れ込んだ。

「浩二、疲れたからもう、休ませて」

「そう、休んだほうがよかよ、母さん、顔色が良くなかよ。大丈夫ね？」

本当に具合が悪そうだ。母さんは精根を使い果たしたように、まぶたを閉じた。

「大丈夫、お休み。また明日来て頂戴。主よ、私の魂を御手に委ねます。アーメン」

「じゃあ、おやすみ」

僕は立ち上がり、いつものように座敷のほうへ歩きながら消えようとした。

しかし、何かが変だ。母さんのことが気になる。一旦消えかけた僕は戻ってきて、母さんの傍に膝をつく。母さんは眠っている。

こんなに静かに。こんなに穏やかに。

僕はそっと声をかける。

「母さん、ねえ母さん」

うっすらと目を開けて、母さんが言う。

「まだいたの」

「母さん、もう、僕、二度と来られないかもしれんよ」

母さんはあわてたように体を起こした。さっきまであんなに疲れた様子だったのに。

「どうして？　そげんことダメよ。母さんはね、あんたが死んでしまってから、もう、どんなことも幸せと思えんようになってしまったのよ。ねえ、お願い。二度と来られんなんてそんなこと言わんで」

「大丈夫だよ、母さん」

「何が大丈夫なの？」

「僕がこの家に来られんごとになっても、それでも母さんは僕と一緒だよ。これから先ずっといつまでも」

「何で？　どうして私があんたと一緒ね」

「だって、いいかい母さん、あなたはもう僕たちの世界に来てるんだよ」

僕の言葉を理解するまで、それほど時間はかからなかった。母さんの顔から疲れや憂いや哀しみが消えて、大きな喜びの幸せな輝きが浮かび上がった。

「じゃあ、こん先いつまでも、未来永劫《えいごう》、あんたと一緒におられるの？」

「そうだよ」

母さんは笑顔になる。

「嬉しい、母さん、嬉しか」

「さあ、僕にしっかりつかまって」

僕の差し出した手を、母さんの手がしっかりと握る。ああ、母さんの柔らかい温かい手だ。

僕がその手を引っぱり上げ、母さんの細い肩を抱く。

「よかね、行くよ」

母さんは笑顔で頷き、僕に支えられて向こうの世界に歩き始める。これから時間も形も何もない、光だけの世界に行くんだ。

母さん、これからはずっと一緒だよ。


ここから先は、その後の話。

母さんと僕があの世に旅立った直後、上海のおじさんと富江おばさんが家を訪ねてきた。

「オイたい、上海のおじさんまた来たばい。開《あ》くっぞ」

富江おばさんが中を覗き込んだけど、母さんはなかなか起きてこない。

「あら、もう寝とらす。ごめんね、年越しそばの手に入ったけん、少しお裾分け。おじさんがあんたが元気のなかって言うてえらい心配しなさってさ」

「中華街で豚の角煮とちゃんぽん、手に入れたばい。正月にこいを食うてもろうてさ」

ただならぬ気配に先に気づいたのは、富江おばさんだ。

「伸子さん、具合の悪かとかね、ちょっとごめん、上がるよ。ねえ、伸子さん」

部屋に入り、布団にいざりよって、富江おばさんは母さんを覗き込むと顔色を変えた。

「おじさん、なんかおかしかよ」

あわてたおじさんが、「医者、医者ば呼んで来《く》っ！」と大声で叫んで飛び出していく。残った富江おばさんは、母さんの頬をなでながら、こんなことを言って泣き出した。

「伸子さん、たった一人で、一人きりで死んでしもうたね。可哀そうに、可哀そうにね」

おじさんが飛び出した時にぶつかった電灯の笠が、いつまでも揺れていた。

母さんの死に顔は、幸せそうに微笑んでいた。

エピローグ

一九四九年の正月早々、大晦日《おおみそか》に急死した伸子の葬儀のミサが教会で厳粛に行われた。町子、黒田正圀、上海のおじさん、富江おばさん、その他伸子を慕う大勢の信徒たちが涙をこらえて聖歌を歌う中に、亡霊となった伸子が浩二に付き添われて加わっていた。

教会の中には伸子の手で産声《うぶごえ》を上げた子どもたちも参列していて、その子たちには二人の姿が見えていた。

着物姿の伸子と学生服を着た浩二の二人は、やがて聖歌に送られるようにして教会の壁を抜け、雲の中に消えていったという不思議な話は、それから何年もの間、信徒たちの間で語りぐさになったという。

❖山田洋次（やまだ・ようじ）
1931年大阪府生まれ。映画監督。『男はつらいよ』シリーズをはじめ、『幸福の黄色いハンカチ』など数々のヒット作を産み出している。2012年文化勲章受章。

❖井上麻矢（いのうえ・まや）
1967年東京都生まれ。劇団こまつ座代表。故・井上ひさし氏の三女。著書に『激突家族』（石川麻矢名義）など。近著に『夜中の電話　父・井上ひさし最後の言葉』。

❖この作品は映画脚本『母と暮せば』
（山田洋次・平松恵美子）をもとに小説にしました。

❖プロローグ参考資料
『ナガサキ ―忘れられた原爆―』
フランク・W・チンノック著　小山内宏訳（新人物往来社）

❖編集協力
岡本麻佑

小《しょう》説《せつ》

母《はは》と暮《くら》せば

haha to Kuraseba

2015年12月10日　第1刷発行

著　者　山田洋次《やまだようじ》
　　　　井上麻矢《いのうえまや》

発行者　村田登志江

発行所　株式会社集英社

東京都千代田区一ツ橋 2-5-10　〒101-8050

電話　編集部 03-3230-6100
　　　読者係 03-3230-6080
　　　販売部 03-3230-6393（書店専用）

印刷所　大日本印刷株式会社

製本所　株式会社ブックアート

ISBN 978-4-08-775428-5　C0093

井上ひさしの傑作戯曲

マンザナ、わが町

円生と志ん生

夢の痂《かさぶた》

真珠湾攻撃から四ヵ月後、アメリカ西海岸の町マンザナ。そこに日系人強制収容所があった。情報宣伝のため、劇中劇の上演を命じられた日系女性五人の葛藤を通して〝日本人とは何か〟を問う爆笑劇。（電子版）

「白いごはんは食べ放題、おいしいお酒は呑み放題、ご婦人は寄り取り見取りの摑み取り」ならばと、中国に渡った六代目円生と五代目志ん生。苦楽を共にした二人が大連で得たものは……。（単行本）

太平洋戦争敗戦から二年。日本全国を「トコトコ旅ゆく天子さま」。東北御巡幸行在所に決まった佐藤家は猛特訓。戦争責任の所在は？　重いテーマを笑いの中に綴る傑作！　東京裁判三部作完結編。（単行本）

井上麻矢の本

夜中の電話　父・井上ひさし最後の言葉
（単行本／集英社インターナショナル刊）

二〇〇九年、療養中の父から、毎日のようにかかってきた「夜中の電話」。それは時に、明け方まで続くこともあった。人間とは何か、仕事とは何か、そして生きていく上で大切なことは何なのか——。二〇一〇年、肺がんでこの世を去った作家・井上ひさしが三女・井上麻矢に残した七七の珠玉の言葉。